내 이름은 오랑

**내 이름은 오랑**

초판 1쇄 펴냄 2024년 9월 27일

지은이 하유지

펴낸이 고영은 박미숙
펴낸곳 뜨인돌출판(주) | 출판등록 1994.10.11.(제406-251002011000185호)
주소 10881 경기도 파주시 회동길 337-9
홈페이지 www.ddstone.com | 블로그 blog.naver.com/ddstone1994
페이스북 www.facebook.com/ddstone1994 | 인스타그램 @ddstone_books
대표전화 02-337-5252 | 팩스 031-947-5868

편집이사 인영아 | 책임편집 김현정
디자인 이기희 이민정 | 마케팅 오상욱 김정빈 | 경영지원 김은주

ⓒ 2024 하유지

ISBN 978-89-5807-029-0  03810

#2 내 이름은 오랑

황유지

뜨인돌

## 이제부터 나는, 오랑

 눈을 떴다. 하늘이 보인다. 내가 웬 풀밭에 누워 있다. 나무 그루터기 주변으로 듬성듬성 드러난 흙바닥. 뭐지, 꿈인가? 아니면 잠든 나를 엄마가 내다 버렸나? 폭풍이 휘몰아쳐서 벽과 지붕이 날아갔다든지? 주변 풍경도 이상하다. 먼지 쌓인 유리창으로 내다보듯 뿌옇고 누렇다. 코앞은 그나마 또렷한데, 저 뒤쪽 풍경은 물 묻은 손으로 문질러 지운 수채화처럼 흐릿하다. 그리고 뭐랄까, 세상이 커졌다고 해야 하나, 그런 느낌이다. 그루터기도 그렇고 돌멩이나 새도 평소보다 훨씬 커 보인다. 눈곱이라도 꼈나 싶어서 손으로 눈을 비비려는데, 으익! 손이 아니라 발이잖아! 그것도 털 달린 발!
 나는 "캬옹!" 하고 비명을 내지르며 일어난다. 그래 봤자 두어 뼘짜리 그루터기보다 낮은 키. 세상이 커진 게 아니라, 내가 작아진 거였다. 몰랑몰랑 찹쌀떡 같은 발, 짧은 다리, 끝마디가 구부러진 꼬리. 네발 달린 동물인 것 같은데 그중에서도 정확히 무엇인지 확인하려면 거울, 거울이 필요하다. 주위를 둘러보니 재활용 쓰레기장이 눈에 들어온다. 혹시나 싶어 가 보니, 누가 쓰레기장 안에 금 간 거울을 버려 놨다.

하얀 몸통에 점점이 박힌 얼룩무늬, 뾰족한 귀, 밝은 빛에 동공이 좁아진 눈. 그러니까 나는, 고양이다.

꿈이구나, 싶어 눈을 감는다. 그때 시끄럽기로 소문난 직박구리가 '꿈 아니니까 꿈 깨시지?' 하듯 지저귄다. 꿈에서 깨어나듯 눈을 떴지만, 아직도 고양이다. 거울 속 고양이는 사람으로 치자면 중학생쯤? 시험 첫날, 엉뚱한 부분을 공부해 왔다는 충격적 사실을 깨닫고 경악한 표정이다. 치즈 불닭 먹으러 급식실로 달려갔는데 코다리 조림으로 변경됐을 때도 이런 표정이겠지. 하지만 지금 내 상황은 그보다 훨씬 더 심각하다. 인간에서 고양이로 메뉴가, 아니, 종이 바뀌었으니까.

인간, 여자, 중학생, 부모님과 거주. 내가 기억하는 나다. 문제는 이게 전부라는 것. 이름과 나이, 전화번호, 집 주소, SNS 계정, 좋아하는 아이돌과 싫어하는 채소, 가르마 방향과 잘 어울리는 색깔, 3개월에 한 번씩 바꾸는 비밀번호… 아무것도 생각나지 않는다. 그 외의 기억, 내가 문명인이자 지구인임을 증명하는 지식과 정보는 다양한 분야에 걸쳐 두루 멀쩡하다. '나'란 폴더에서 '내 정보'만 삭제된 듯 말이다.

거울에 비친 내 모습을 살펴본다. 꾀죄죄하고 깡마른 모습이 길고양이 같은데, 어쩐지 낯익다. 인간일 때 알고 지내던 고양이인가? 이런 사소한 기억조차 꼼꼼히 삭제되다니. 왜 하필 나일까? 하필이면 왜 고양이지?

직박구리와 멧비둘기, 참새가 구경이라도 났는지 풀밭 근처를 얼쩡거린다. 옛날 옛적에 어느 제비는 흥부한테 박 씨앗을 물어다 주고 그랬다는데, 재들이라도 어느 여중생이 고양이로 변신한 사건의 내막을 알아다 주면 좋겠다. 옛날 옛적 흥부 아저씨 일생은 꿰고 있으면서 정작 내가 누구인지는 모르다니.

인간으로 존재하던 마지막 순간을 떠올려 보자.

생각난다, 생각난다, 제발 좀 생각나라, 기억을 윽박지르자 떠오르는 장면이 있다. 어둑어둑한 저녁, 연립 주택 뒷마당. 나는 화단 턱에 쪼그리고 앉아 고양이를 지켜본다. 어떤 고양이인지 자세히 보이려는 찰나!

이마에 새똥이 떨어진다. 지독한 냄새에 마지막 기억이고 뭐고 다 밀려난다. 이것이야말로 네 현실이라며 구린

똥을 투척한 직박구리는 나무 위로 달아난다. 직박똥구리를 잡아먹을 듯 노려보던 내가, 나무 둥치를 쏜살같이 오르고 있다…? 도도록한 찹쌀떡 발에서 튀어나온 날카로운 발톱으로 나무껍질을 찍어 가면서 빠르고 정확하게. 아, 나 지금 고양이지! 고양이들, 새 사냥 잘하지 않나? 그럼 나도 어디 한번? 진지해진 내 마음가짐을 눈치챘는지 직박구리가 날아오르는 것과 동시에 나도 똥구리를 향해 점프! 드높게, 멋지게! '얄미운 직박구리를 잡으려던 변신 고양이는 어떻게 됐을까?' 하는 문제가 머릿속에서 출제된다. 보기라고는 어이없게도, '그만 나무에서 떨어져 죽고 말았답니다'뿐.

안 돼, 고양이 된 지 얼마나 됐다고 벌써 비극적 결말이야? 아직 시즌 1의 1편에서 등장인물 소개도 안 끝났다고! 그러거나 말거나, 추락 시작. 풀밭 너머 아스팔트 바닥이 자, 어서 오십시오, 하고 검게 썩은 이를 드러내며 씨익 웃는다. 가련한 중학생이 길냥이가 될 때 택배라도 받으러 나갔는지 코빼기도 비치지 않은 행운의 요정이시여, 뭘 시켰는지는 몰라도 불량품이 걸렸기를 빌며, 이젠 일 좀 하시죠? 밀린 행운을 새로 단장한 사이트에서 뿌린 쿠폰처럼 퍼부어서 날 살려 달라고!

그런데 예상치 못한 재주가 튀어나온다. 그것은 바로

고양이다운 순발력! 얼굴이 땅을 향하도록 머리가 돌아가더니 역시 땅을 향해 회전한 앞다리에 이어 뒷다리도 같은 방향으로 돌면서 등을 구부린 자세로 풀밭에 사뿐히 착지. 완벽하게 우아한 자세다. 기술 점수와 예술 점수 모두 10점 만점!

사냥은 실패했으나 착지는 대성공이다. 결과적으로 난, 죽기는커녕 삐끗한 데도 없이 말짱하다. 야, 직박구리, 봤냐? 나 제법 제대로 된 고양이인 거, 봤냐고? 입을 벌려 말하려 해도 "냐―" 하는 울음만 나온다. 꽤 귀여운 목소리다. 좀 전까지만 해도 고양이 됐다고 징징대더니 제대로 된 고양이 좋아하시네, 하며 내 머리 위를 빙빙 도는 직박구리. 물론 분위기가 그렇다는 거지, 직박구리가 정말 그렇게 말했다는 얘기는 아니다. 내가 또 미친 고양이는 아니라서.

나무 그루터기에 네발을 모으고 앉아 상황을 정리해 본다. 나는 원래 인간이지만 모종의 음모나 오류 때문에 현재, 고양이로 존재한다. 그렇다면 본래의 나, 나의 몸이라고 해야 하나, 걔는 어딘가에 그 모습 그대로 존재하는 걸까? 우리 집에서 나인 척하면서?

어쨌거나 이 상황이 바로잡힐 때까지 정붙이고 살아야 할 부캐냥에게 이름이라도 붙여 줘야겠다. 음, '오랑'

어떨까? 어느 나라 말인지는 잊었는데 '사람'이란 뜻이다. 오랑, 사람. 오, 그럴듯한데? 알 길 없는 사정으로 고양이가 됐지만 누가 뭐래도 난 사람이니까.

좋아! 이제부터 내 이름은, 오랑이다.

날벌레 한 마리가 날아간다. 오랑냥은 뒷발로 일어나 두 앞발을 박수 치듯 맞부딪쳐 벌레를 잡는다. 사냥도 성공! 뇌가 말릴 틈도 없이 벌레를 낚아채는 혀. '먹지 마!' 신호가 혀에 도착했을 때는, 벌레가 목구멍으로 넘어간 다음이다. 벌레 먹방을 온몸으로 체험하는 초보 고양이.

나, 이렇게 고양이로 계속 살게 되는 걸까?

앞날이 순탄하지만은 않으리란 불길한 예감이 날벌레처럼 꿀꺽, 목구멍으로 넘어간다.

## 혹시 할아버지도 사람이세요?

 내가 누구인지 모르는 상황이라면 어디에 있는지라도 알아 둬야 한다.
 주변 탐색부터 하기로 한다. 커다래진 세상을 조그매진 몸으로 둘러보기 시작. 이곳이 어디인가 했더니, 아파트 단지다. 건물 옆쪽에 쓰여 있을 아파트 이름은 현재 시력으로는 보이지 않는다. 고양이가 색약에 원시라던가, 누구한테 들었는데. 친구 중에 고양이 박사가 있었던 기억이 어렴풋이 떠오른다.
 단지 안은 조용하고 한산하다. 해가 쨍쨍한 아침, 원래대로라면 학교에 있을 시간인데 이렇게 고양이 몸으로 인도를 걷다니 세상일은 참 모르다가도 더 모르는 것. 맞은편에서 스마트폰과 이마가 맞붙은 좀비가 걸어온다. 화단 철책에 달라붙어 피하자, 좀비 씨가 돌멩이를 운동화 발

부리로 차고 지나간다. 미리 피한 나 자신에게 박수를.

스마트폰 좀비가 퇴장하자 요란한 소음이 천지에 진동하더니 전동 킥보드가 달려온다. 위험을 감지하자마자 주차된 차 밑으로 뛰어드는 오랑냥. 킥보드가 일으킨 바람이 미처 차 밑으로 숨어들지 못한 꼬리를 스친다. 아까는 나무에서 떨어지더니 이제는 좀비에 킥보드까지, 시즌 1이라도 완결하려면 조심 또 조심해야 한다. 고양이 목숨이 몇 개라는 둥 난 그런 말 안 믿으니까.

한숨 돌리려는데 "끼야앙캭캭끼야앙!"쯤으로 들리는 높다란 소음이 귀에 꽂힌다. 돌고래 울음소리 저리 가라다. 육지 돌고래의 분노한 눈빛이 휘발유 냄새가 맴도는 어둠 속에서 번쩍거린다. 차 밑을 차지하고 있던 다른 고양이인데, 내 두 배는 되는 크기다. 밝은 곳에서는 시원찮던 눈이 어둠을 만나자 능숙하게 상대를 파악한다. 씰룩거리는 입과 삐죽한 송곳니, 날카로운 발톱.

그리하여 결론은, 도망가라! 오랑, 도망쳐!

인도로 튀어 나가자 녀석도 나를 쫓아 차 밖으로 달려 나온다. 갓 튀겨서 설탕에 굴리기 직전의 대왕 핫도그처럼 두툼한 살집과 몸집, 그에 비해 높고 가느다란 목소리. 기가 질려 뒷걸음 치면서도 '냥도그'란 이름을 짓는 정신머리는 여유인가, 어리석음인가. 조심하자, 말했다시피 고양이 목숨은 하나니까.

'거, 거기 있는 줄 모르고 들어간 거야. 고의가 아니었어'라고 말하려 했으나 입에서는 오로지 야옹거리는 소리만 나온다. 돌아오는 대답은 "끼야앙캬캭끼야앙!" 귀를 찌르는 초음파 공격이다. 그래서 나도 '저 차가 네 거야? 자동차 밑이 네 전용 와이파이존이라도 되냐고!'라며 내 나름대로 야옹야옹.

와이파이 도둑에게 화난 냥도그가 한 발 두 발 거리를 좁혀 오고 나는 어디로 튈지 퇴로를 물색하던 그때, 세 가지 색 털이 섞인 삼색이 고양이가 나타나 냥도그에게 달려든다. 기습 공격을 당한 냥도그는 "삐이익―!" 새된 비명을 지르며 후퇴한다. 차에 막혀 더는 물러날 곳이 없자 뒷발로 일어나 차체에 몸을 기대는 굴욕적인 자세를 취하기까지. 젖힌 귀와 처진 눈, 가슴팍에 다소곳이 모은 앞발. 저러고 있으니까 더더욱 핫도그 같다. 몸에 묻힌 설탕을 떨어뜨리지 않으려고 얌전하게 구는 핫도그. 얻어맞은 콧잔등에 케첩 빛깔의 피가 한 방울 맺힌다.

삼색이는 적당히란 게 없는 성격인지 바닥을 차며 뛰어올라 냥도그의 두툼한 뺨에 다다닥, 펀치 세 방을 꽂아 넣는다. 저런, 설탕 다 떨어지겠네. 고양이 필터를 씌운 액션 영화를 보는 느낌인걸? 제목은 '멋지면 다 고양이 언니'쯤?('삼색이는 보통 암컷이야'라고 설명하던 고양이 박사의 목소리가 배경 음악처럼 기억 속에 깔린다.)

등장부터 결말에 이르기까지, 이 삼색이야말로 내가 애타게 찾던 행운의 요정이 아닐까? 기다리고 기다리던 택배 상자를 받아 열었는데 불량품이 당첨돼 열받은 요정. 화풀이도 하고 밀린 업무도 처리할 겸, 못된 냥도그를 혼내 주러 온 것이다.

고양이 앞발로 물개 박수라도 치려고 바닥에 앉자, 삼색이가 나를 돌아보며 '하악!' 화를 낸다. 내가 또 뭘 잘못했지, 싶어서 눈알만 굴리는데 삼색이가 암팡진 앞발을 들어 보인다. 도망가, 오랑! 조금 전에 냥도그 맞는 거 봤지? 머릿속에서 경보가 울린다. 눈앞에서 목격한 다다닥 펀치의 위력은 실로 대단했다. 나는 타고난 순발력을 발휘해 도망친다. 등 뒤에서 삼색이가 뭐라뭐라 소리를 지르지만 그래 봤자 못 알아듣거든요, 언니. 달리고 달려 아파트 단지 끝에 다다라 화단으로 뛰어든다. 두툼하고 심술궂은 고양이와 정의롭고 까칠한 고양이. 둘 다 나한테 호의적이지 않기는 마찬가지다. 내가 뭘 어쨌다고? 깐족거리는 직박구리도 아닌데, 못 괴롭혀서 안달이야.

여기 말고 다른 곳으로 가야 하나? 고뇌하는 고양이 마음도 모르고 하늘에는 뭉게구름이 태평하게도 떠다닌다. 그 하늘을 올려다보며 구슬피 한숨짓던 나는, 화단 뒤편의 담벼락에 올라앉은 노랑둥이 고양이와 눈이 마주친다. 연세가 지긋해 보이는 것이, 상당히 오래 사신 듯하다. 냥도그와 삼색이에게 혼쭐난 지 얼마나 됐다고 그새 풀어진 정신머리가 이번에는 '장수'라는 이름을 내놓는다. 분위기상 할매는 아닌 듯하고, 할배냥 장수.

"그래, 뭐가 어떻게 된 일인지는 좀 알겠고? 자네, 넋 나간 표정이라서 말이야."

장수 할배는 말투며 표정이며, 딱 묘르신이다.

"알긴요, 전혀요. 뭐가 어떻게 된 건지 하나도 모르겠어요. 아침에 눈을 떴더니 고양이가 돼 있었거든요. 생뚱맞게 고양이라니, 말이 된다고 생각하세요? 여기 고양이들은 괴팍하긴 왜 또 그렇게 괴팍해요? 제가 고양이가 되고 싶어서 된 것도 아닌데 막 너무…."

하소연이 폭발해 주절대던 중, 나는 뒤늦게나마 놀라운 사실을 깨닫는다.

"근데 저기요, 저랑 말이 통하시네요?"

"그러게 말이야."

입 모양이 꼭 가을철 연시를 오물거리며 '아이코 달구나' 하는 시골집 할아버지 같다. 그렇게 오물대며 '냥냥' 하는 소리가 초고속으로 동시통역돼 내 머리에 입력된다.

나도 하고픈 말을 꾹꾹 눌러 담아 야옹야옹 전달하니 장수 할배가 찰떡같이 알아먹는다.

"어, 어떻게 된 거예요? 다른 고양이랑은 대화가 안 되던데…."

"말이란 통하라고 있는 법이니, 때가 되면 다 되겠지. 하여간 지금 그게 중요한 문제가 아니라네. 하루아침에 고양이가 됐다면서 뭐 이런 걸로 일일이 놀라고 그래?"

장수 할배가 대수롭지 않은 일로 호들갑 떨지 말라는 식으로 대꾸하더니 입속이 훤히 보이도록 하품을 한다.

"그럼, 뭐가 중요해요?"

자기 일 아니라고 저 구름처럼 참 태평도 하시네요, 싶어서 불퉁한 말투로 따져 묻는다.

"당연히 생존이지, 생존. 이 개나리 아파트 구역에서 살아남아야 하지 않겠어?"

여기가 개나리 아파트구나. 자목련동 개나리 아파트…. 맞아, 고양이 박사가 사는 곳이었어! 나도 자목련동에 살았고! 조각난 기억이 떠오를 때마다 적어 두고 싶지만 스마트폰도 없고 손도 없다.

"딴 구역으로 가고 싶다는 얼굴인데, 거기도 호락호락하지 않을걸. 여기서 마음 잡고 진득하게 살아 보는 걸 추천하겠네. 이 구역 대장이 마음씨가 좋거든."

"대장은 또 어떻게 생긴 고양이예요?"

"나중에 보면 알 거야. 갑자기 고양이 신세가 됐다고 하니, 내 몇 가지 조언을 해 주지."

이 할배냥이야말로 내 부캐를 도와주러 온 요정일까? 세부 능력은 글쎄, 생활의 지혜쯤? 나는 지혜로운 한 말씀 한 말씀을 뇌세포에 받아적을 준비를 마친다.

"이제 여름도 지나서 밤에는 제법 추워. 재활용 쓰레기장처럼 뚫린 데서 자지 말고 적당한 잠자리를 찾아서 몸을 따뜻이 하게. 아파트 지하실이 그나마 따뜻할 거야. 단지 안을 돌다 보면 여기저기 물과 사료가 있을 텐데 비에 젖은 사료는 먹지 말고. 땅바닥에 고인 물도 금물이야. 배탈 나면 약도 없어. 자나 깨나 차 조심하고. 차는 눈이 없으니까 눈 달린 우리가 피해야지."

맞장구처럼 경적이 울려서 잠깐 그쪽으로 내 정신이 팔린다. 갈림길에서 꼬인 차 몇 대가 빵빵거리며 신경질을 부리는 중이다.

"궁금한 게 있는데요. 혹시 할아버지도… 사람이세요?"

이렇게 물으며 고개를 돌렸는데, 장수 할배는 그새 사라지고 없다. 담벼락 위에는 들을 이야기를 다 듣고 제 갈 길로 흘러가는 구름뿐이다.

## 냥 박사와 고양이 친구

시생대와 원생대를 합한 선캄브리아기보다 긴 하루도 어느덧 저물어, 해 질 무렵.

저 멀리에서 뱃고동 소리가 들려온다. 뿌, 뿌우, 뿌우우— 자목련동의 항구를 드나드는 여객선, 다비드호다. 오래된 바닷가 동네인 자목련동. 이곳에서 오늘 나는 예고편도 없이 갑자기, 고양이가 됐다.

"망했네. 나 이제 어떡하냐."

혼잣말로 한탄하는 내 눈에 모녀인 듯한 두 사람이 들어온다. 사료와 물이 담긴 플라스틱 용기를 들고 있다. 긴 머리채를 굵직하게 땋아 늘어뜨린 여자아이를 보자, 개 앞으로 줄이 늘어선 교실 풍경이 떠오른다.

"양겨리…?"

이번에는 작명이 아니라 기억이다. 고양이 박사 양겨

리! 애들이 양 박사, 냥 박사라고 부르던 바로 그 애, 내 단짝.

"겨리야! 나야, 나! 누군지 못 알아보겠어?"

배터리가 3퍼센트밖에 남지 않은 스마트폰으로 어떻게든 길 찾기 앱을 실행하려는 길치처럼 절박하게 외친다. 출발지는 '고양이'에 목적지는 '나'. 내가 누구인지 모르는 나를 겨리가 알아봐 준다면, 나도 내가 누구인지 알게 된다. 그러면 집에 갈 수 있다. 고양이 전문가 냥 박사와 고양이가 된 친구의 만남. 이것이 운명이 아니라면 달리 무엇이 운명이겠는가? 고양이가 되는 운명을 맞이하지 않았다면 좋았겠지만 이미 분질러 먹은 나무젓가락이고.

"어? 너구나? 왜 이런 데 숨어 있어?"

겨리가 화단 앞에 쪼그려 앉더니 무궁화 가지를 커튼처럼 걷으며 말한다.

역시 냥 박사! 내 말을 알아들었구나! 너도 나랑 대화가 통하는 거야? 인간으로 돌아가면 감사패라도 만들어서 증정해야겠다. 용돈을 털어서 월급도 주고 싶다. 명예 박사라 무급일 테니까.

"엄마, 애 배고픈가 봐. 막 서럽게 야옹거려요."

하아, 대화가 통하기는 냥뿔! 겨리 귀에는 내 말이 야옹 소리로만 들리나 보다. 감사패 취소, 월급도 취소! 그렇지만 서럽고 배고픈 야옹이가 틀린 말은 아니다. 인정할 현실은 인정해야지. 나는 서럽고, 배고프고, 고양이다.

"그러면 얘 먼저 밥을 주자. 다른 애들한테 치여서 잘 못 먹는 거 같더라."

아주머니가 화단으로 다가오더니 어깨에 멘 천 가방에서 빈 즉석밥 용기를 꺼낸다. 화단 턱에 사료와 물이 밥상처럼 차려진다. 코끝을 간질이는 냄새에 배가 꼬르륵거린다. 저녁이 됐는데도 배 속에는 냥도그와 삼색이에게 얻어먹은 욕과 날카로운 눈빛뿐이다.

빽빽한 무궁화 가지 옆으로 고개를 빼고 밥상을 살펴본다. 그릇은 깨끗하고, 합격. 물도 신선하고, 합격. 혀를 날름거려 물부터 먹은 다음 밥으로 관심을 돌린다. 그런데 가만있어 봐, 고양이 사료잖아? 아무리 허기져도 그렇지 이건 아니다. 냄새부터 요상하니 맛도 이상하겠지. 고양이 몸을 하고 있다 해도 본질적으로나 정신적으로나, 나는 사람이다. 이름부터 오랑이잖아? 군침 흘리지 말고 정신 차려, 오랑!

"벌써 일주일짼데, 우리 아파트에 정착할 건가 봐요. 자기 엄마 사는 데라고 찾아왔나? 얘, 여기서 태어났잖아요."

"몇 달 만에 돌아온 걸 보면 독립해서 살기가 어려웠

나 보네."

"여기 고양이들도 얘를 안 받아 주는 거 같던데…."

"쪼끄만 게 안됐어. 주눅 들어서 이런 데 숨어 있고. 잔뜩 겁먹은 표정이네."

내가 사료를 앞에 두고 '배부른 고양이와 배고픈 인간' 사이에서 고민하는 사이, 겨리 모녀는 두런두런 이야기를 나눈다. 말하기가 안 돼서 그렇지 듣기 실력은 훌륭하기에, 귀를 쫑긋거리며 정보를 긁어모은다.

Q. 현재의 나인 이 고양이는 누구인가?
1. 개나리 아파트에서 태어나 자랐다.
2. 때가 돼 독립했으나 새로운 영역에서 버티지 못했다.
3. 몇 달 만에 개나리 아파트로 돌아와 일주일째 머물고 있다.

그럼 냥도그랑 삼색이랑도 아는 사이라는 얘기잖아? 아는 사람이 더 무섭다더니 아는 고양이도 만만치 않네.

"배고프다고 울더니 왜 안 먹어? 아, 더 맛있는 거 먹고 싶어서 그러는구나?"

학구적인 냥 박사답게 겨리는 혼자 묻고 혼자 답하더니 간식 캔을 딴다. 아니야, 냥 박사. 그거 오답이라고! 그러나 이것이야말로 정답이라며 콧구멍에서 뇌까지 직진

해 오는 강렬한 냄새. 나는 허기와 식욕을 주체하지 못하고 고기를 흡입한다. 고양이 모드라서 그런가, 먹어 보니 고양이 음식도 나쁘지 않다. 씹었으니 삼킬 차례인데, 겨리가 초를 친다.

"넌 연어가 제일 맛있지? 많이 먹어."

연어? 강을 거슬러 올라오는 불굴의 물고기, 그 연어? 비위가 상하고 속이 울렁거리는 바람에, 나는 곤죽이 된 연어 살을 뱉어 낸다. 최소한의 인간적 예의는 지키느라 밥그릇 안에 고스란히 뱉었다.

내가 해물을 싫어했다는 사실이 마침 딱 기억나고 난리람. 급식으로 해물이 나오는 날이면 코다리 조림이든 생선가스든 식판에 담지 않았다. 나를 어물쩍 장악하려 드는 고양이의 정체성을 안간힘 다해 밀어내며 밥그릇에서 물러난다.

그런 나를 심히 못마땅해하는 눈빛이 건너편 화단에서 날아온다. 누구냐면, 앞발을 쭉 뻗으며 기지개를 켜고는 길을 건너오는 삼색이다. 〈멋지면 다 고양이 언니〉 2편이라도 찍을 기세다.

'도망쳐, 오랑!' 경보가 발령된다. 내 다리가 네 다리가 아니라 열두 다리쯤 된다면 얼마나 좋아? 나는 아쉬워하며 내달린다.

"야! 너 왜 자꾸 내 말 못 들은 척해? 나 무시하냐?"

뒤통수를 낚아채는 외침이다. 겨리? 널 무시하는 게 아니라 고양이를 무서워하는 거지만 설명할 시간 없고, 나중에 보자. 다시 만날 때까지 고양이 언어라도 공부해 놓든가. 그러고 보니 겨리 쟤, C 언어 배운다면서 코딩 학원도 다니고 그러지 않았나? 그 'c'가 'cat'의 'c'였으면 발톱으로 바위를 깎아서라도 감사패를 수여할 텐데.

달리다 보니 아침에 냥도그와 마주친 곳이다. 음험한 기운이 느껴지려는 찰나, 정확히 그 자리에 세워진 차 밑에서 냥도그가 튀어나온다. 나는 "냐아아악―!" 비명을 지르며 급회전해 재활용 쓰레기장 앞에서 나뒹구는 택배 상자 안으로 돌진한다.

그리고 상자 앞에, 삼색이가 와서 앉는다.

난 이제 죽었다. 오늘만 몇 번째 맞이하는 위기인지. 고양이 목숨이 여러 개라는 소문을 이쯤 되면 정설로 받아들이고 싶어진다.

"야, 꼬맹이! 왜 자꾸 못 들은 척이냐니까?"

뭐지? 삼색이 말이 들리잖아? 좀 전에 자기를 무시한다는 둥 그러던 애도 냥 박사가 아니라 삼색이였나 본데?

"나, 나한테 말하는 거야?"

"너 말고 또 누가 있는데?"

"내 말을 알아듣는구나! 그치? 그런 거지?"

"자꾸 당연한 소리만 골라서 할래? 장난해?"

삼색이가 바닥에 꼬리를 탁탁 부딪치며 불편한 심기를 드러내더니, 상자 위로 뛰어오른다. 드드드득 발톱을 긁자 들썩이는 상자. 무덤에 누워서 관 뚜껑에 못질하는 소리를 듣는다면 이런 기분일까. 고양이 목숨 하나가 삭제되는 느낌이다.

"차차 걔, 자기 공간에 집착 심한 애니까 주변에서 알짱대지 말라고 몇 번을 말했냐. 너만 보면 난리를 쳐 대니 시끄러워서 낮잠을 못 자겠어. 눈치 좀 챙기자, 응?"

차차? 냥도그를 말하는 건가? 삼색이가 차차란 녀석을 응징한 것도 나를 불쌍히 여겨서가 아니라, 그 초음파 허세가 시끄러워서였구나. 이유가 무엇이든 못된 고양이가 혼났으니 나한테는 냥이득.

"먼저 덤빈 건 냥도그, 아니, 차, 차차란 말이야. 여기가 다 개 땅도 아니잖아."

삼색이 얼굴이 보이지 않으니 용기가 샘솟아 나는 볼멘소리를 한다.

"그래서 내가 차차한테 따끔하게 예의범절을 가르쳐 줬잖아. 그건 그렇고 꼬마 너, 따박따박 말대꾸도 하고 하룻밤 사이에 많이 컸다?"

"당연하지. 난 꼬맹이도 아니고 꼬마도 아니고, 오랑이 니까."

"오랑? 그게 네 이름이야?"

"응. 내 이름이야, 오랑."

"무슨 이름이 그래? 이리 오랑, 어서 오랑, 그런 뜻이야? 묘생 3년 동안 그렇게 웃긴 이름은 또 처음이다."

나도 길다면 길고 짧다면 짧은 인생 동안 묘생은 처음이거든? 내 이름이 오랑인 까닭을 밝힐까 하다가 오늘의 고백은 장수 할배 하나로 그치기로 한다. 사실 난 인간이야, 떠들고 다녀 봤자 나만 이상한 사람… 아니, 고양이라며 비웃음당할 게 뻔하다. 장수 할배도 떼쓰는 아이를 어르는 식으로 오냐오냐해 줬지만 정말 내 말을 믿어서 그랬는지는 모를 일이다.

"그러는 넌 이름이 뭔데?"

"나? 아라. 뭐든 다 알아서 아라!"

내가 누구인지도 아라가 알아서 알려 준다면 고맙겠으나 내 친구, 냥 박사 양겨리도 못 알아본 이 몸이다. 그러니 아는척쟁이 삼색이에게 너무 많은 걸 바라지 말자.

"난 사람들 말도 알아. 아까 너한테 밥 주던 사람들, 네 얘기 하더라?"

"그래? 뭐라 그랬는데?"

"뭐라 그러긴, 널 흉봤지. 인간들은 그런 식이야. 겉으로만 샐샐 웃으면서 결국은 딴짓이라니까. 걔들은 우리가 아무것도 모르는 줄 알거든. 눈이 있는데도 못 보고, 귀가 있는데도 못 듣는다고 생각하지. 인간들하고 친하게 지내지 마, 꼬마야. 아, 오랑이랬지. 주는 밥만 먹고 멀찌감치 피해서 다니라고."

"날 욕하는 건 아닌 것 같던데…."

"아니긴, 내가 다 안다니까. 어? 대장! 밥 먹으러 가는 거야? 같이 가요!"

아는척쟁이 겸 허풍쟁이 아라가 상자에서 뛰어내리더니 나를 빈 상자처럼 내버려 두고 간다. 대장이라면, 장수 할배가 말한 그 대장? 다부진 몸집을 한 고등어 무늬 고양이가 상자 입구 너머로 보인다. 얼마나 치열한 영역 싸움을 거쳤는지 두 귀의 가장자리가 너덜너덜하다. 대장 옆에는 두툼한 뱃살을 출렁이며 걸어가는 차차가 있다. 아라가 다가가자 차차는 몸을 움츠리며 피한다. 나는 나대로 차차 눈에 띄지 않으려고 상자 깊숙이 숨는다.

몇 시간 뒤, 하늘이 깜깜해지고 나서야 나는 상자를 나와 무궁화 덤불로 돌아간다. 가로등 불빛도 닿지 않는 곳에 놓인 새 그릇. 겨리가 나를 생각해서 숨겨 둔 밥과 물이다.

문득, 그릇에 코를 박고 허겁지겁 밥을 먹는 고양이가 떠오른다. 지금의 나와 똑같은 몸, 꼬맹이나 꼬마라고 불리던 고양이다. 인간 시절, 나는 걔한테 연어 통조림을 주고는 했다. 오늘 아침에 떠오른 기억 속에서도 연립 주택 뒷마당에서 어떤 고양이에게 먹을 것을 주고 있었다. 아무래도 그 고양이가 꼬맹이겠지.

나와 꼬맹이, 우리 둘에게 무슨 일이 일어난 것일까.

## 나 고양이 아니야! – 시아의 이야기

점심시간, 1학년 3반 교실은 급식실에서 돌아온 아이들로 시끌벅적하다. 그중에서도 유독 붐비는 지점이 있었으니 창가 옆쪽, 겨리의 자리다. 겨리가 반 친구들 머리를 벼 모양으로 땋아 주는 중인데, 다음 차례를 기다리는 예약자만 해도 세 명. 물론 겨리도 벼머리를 하고 있다. 어제는 지네머리, 그제는 디스코머리였고, 내일은 양 갈래로 땋을 예정이다. 겨리는 초등학교 입학과 동시에 거울을 보며 스스로 머리를 땋기 시작한, 머리 땋기 초고수다. 친구들이 자기 머리도 해 달라고 부탁해서 점심시간마다 많으면 네다섯 명까지도 땋아 준다.

"완전 맘에 들어! 고마워, 냥 박사."

마지막 예약자가 손거울로 머리를 비춰 보더니 재킷 주머니에서 고양이용 연어 통조림을 꺼내어 내민다.

"이런 거 안 줘도 되는데. 내가 재미있어서 하는 거야."

"나 다음 주에 남사친이랑 마라탕 먹으러 가기로 했거든. 그때도 부탁하려고 그러지."

"남사친? 썸남 아니고?"

"그게 음, 아직은…."

"암튼 알았어."

미용실이 문을 닫자, 화장실에서 돌아온 짝꿍이 따뜻하게 데워진 의자에 앉는다.

"어서 오시오, 오시아!"

겨리가 두 팔 벌려 환영하고, 시아는 주먹 쥔 손으로 입을 가리며 킥킥거린다. 주먹이라도 날리려나, 싶어서 일순 긴장했던 겨리도 킬킬거린다. 올여름부터 밀고 있는 환영 인사의 진가를 시아가 이제야 알아주나 싶다. 얼마 전까지는 '어서'란 말만 나와도 콧잔등을 찡그리던 시아였는데.

"이거, 뭐야?"

시아가 책상 위에 놓인 연어 통조림에 얼굴을 가져다 대며 코를 킁킁거린다. 깡통 밖으로 맛있는 냄새라도 새어 나온다는 듯이.

"네가 싫어하는 거. 연어."

"내가 연어를 싫어한다고?"

"아, 이제 아닌가."

그렇다, 아니다. 얼마 전까지는 그랬을지 몰라도 이제는 아니다. 시아는 오늘 점심으로 나온 생선가스를 맛있게 먹었다. 놀란 겨리가 "생선 비리다고 안 먹는 거 아니었어?"라고 물었더니 시아는 "물고기가 좀 비릴 수도 있지"라면서 생선가스를 세 조각이나 더 받아 왔다. 희한한 일이었다. 오시아가 누구인가. 젓갈 맛이 좀 강한 김치만 나와도 미간을 찌푸리던 입맛이 아닌가.

"진짜 어떻게 된 거야? 안 먹던 음식 먹는 초능력이라도 생겼어?"

팔짱을 끼고 캐묻는 겨리의 말에, 시아는 세상 재미있는 농담이라도 들은 듯 웃는다.

"뭐가 그렇게 웃겨?"

"그냥, 귀여워서. 초능력이 너무 사소하잖아."

"너 좀 달라진 거 같아. 요즘 괜히 짜증이 난다면서 우울 모드더니, 이젠 또 자꾸 웃잖아."

"이제 좀 살 거 같아서 그래."

"그게 무슨 뜻이야?"

"따뜻하고, 깨끗하고, 맛있는 것도 실컷 먹어서 좋아. 눈을 떠 보니까 내가 푹신한 이불에 누워 있는 거 있지. 나 푹신푹신한 거 되게 좋아하는데."

아침저녁으로 쌀쌀한 초가을이지만 단열이 잘되는 교실은 따뜻하면서도 깨끗하고, 맛난 음식이야 편의점만 가도 넘쳐나고, 이불은 보통 푹신한 법이고…. 틀린 얘기는 없는데도 시아의 말은 겨리에게 뭔가 묘한 느낌으로 다가온다. 얘네 집 이불을 두꺼운 가을용으로 바꿨나? 이불 감촉이 뭐 그렇게까지 감격스러울 일인지.

겨리 미용실의 단골손님이 두 사람에게 귤을 한 개씩 주고 간다. 겨리는 "오, 귤!" 하면서 귤껍질을 벗긴다. 새콤달콤한 귤 냄새가 퍼지자 시아는 진저리를 치면서 의자를 뒤로 뺀다.

"뭐야, 귤 킬러면서. 저번 겨울엔 손바닥이 노래질 정도로 먹었잖아."

겨리가 귤 알맹이를 입에 넣으며 말한다.

"몰라, 이젠 싫어. 이것도 너 먹어."

시아는 집게손가락 끝으로 귤을 밀어냈다.

"뭐든 다 잘 먹는 초능력은 아닌가 보네. 고양이도 아니고 귤은 왜 또 싫어진 건데?"

명예 냥 박사 겨리의 상식에 따르면, 고양이는 귤이나 식초처럼 신 냄새를 질색한다.

"고양이? 난 고, 고양이… 아니야!"

장난으로 한 말인데도 시아의 반응은 진지하다. 휘둥

그레진 눈에 파악하기 힘든 표정이 스쳐 지나간다.

"그래서 고양이도 '아니고'라고 했잖아. 교복 입고 학교 다니는 고양이가 어디 있어. 사람이니까 종일 앉아서 칠판만 보는 거지. 고양이들은 그럴 시간 있으면 잠이나 잘걸?"

"그, 그러니까. 나도 그런 뜻이었어."

"아 맞아, 나 어제도 걔 봤어. 네가 신경 쓰인다고 했던 청소년묘 있잖아, 왜. 너희 집 쪽에서 밀려난 게 맞나 봐. 우리 아파트에선 잘 적응해야 할 텐데."

겨리가 시아에게 스마트폰으로 사진을 보여 준다. 무궁화 가지 뒤에 숨어 있던 고양이가 연어 통조림을 먹을 때 찍은 사진이다.

시아는 몸 안에 벼락이라도 쳐서 심장이 쪼개지는 것만 같았다. 사진 속 고양이는 바로 자기 자신이었다. 고양이로 살던 때의 모습 말이다. 아침 등굣길이나 늦은 저녁에 와서 간식을 주던 아이가 떠오른다. 사람과 고양이, 그 둘이 지금은 서로 바뀌어 있다. 예전의 시아는 간식 먹는 고양이를 자주 촬영했다. 잠금 패턴 때문에 지금의 시아는 열지 못하는 그 스마트폰으로.

"양겨리, 이거 애들한테 받은 거지? 학교에 미용실 차렸냐? 장사해?"

누군가 나타나더니 볼링공처럼 굴린 귤로 연어 통조림을 맞혀서 떨어뜨린다. 자칭 타칭 3반의 깐족깐족 담당, 곽은철이다. 여기저기 꽥꽥거리며 참견하고 다닌다고 해서 별명은 꽥은철, 줄여서 꽥. 시아가 바닥으로 떨어진 통조림을 주워 든다.

"됐으니까 갈 길이나 가시지? 되도록 멀리 가면 더 좋고."

겨리는 '저리 가시오!' 표정이 돼 훼방꾼을 쫓아 보내려 하지만 이에 굴하지 않는 곽은철.

"저 캔은 뭐야. 너도 너네 엄마처럼 캣맘 되려고? 자꾸 먹이를 주니까 길에 도둑고양이랑 닭둘기만 바글바글하잖아. 그러면 또 시끄럽고 지저분하다고 미움받고, 악순환이야. 너 그러는 거, 고양이들한테 도움 안 돼."

"왜 도움이 안 돼? 이게 얼마나 맛있는 건데. 고양이들은 없어서 못 먹어."

말간 눈으로 곽은철을 올려다보며 말하는 시아.

"맛있다는 걸 어떻게 알아? 오시아 너, 고양이야? 고양이 캔 먹고 살아?"

"무, 무슨 소리야. 내가 왜 고양이야? 난 사람이라고!"

"아오, 당연히 사람이겠지! 누가 너한테 진짜 고양이래?"

곽은철이 열을 내자, 곽은철 알레르기가 한계에 다다른 겨리가 벌떡 일어난다. 그러고는 곽은철이 옆구리에 낀 공을 빼앗아 녀석의 자리 쪽으로 던진다.

"남의 자리까지 와서 왜 시비야. 가!"

곽은철은 공을 막으려고 손을 뻗지만, 오히려 그 손을 맞고 열린 창문 밖으로 튕겨 나가는 공.

"아 씨, 공 잃어버리기만 해 봐!"

엊그제 새로 산 공을 주우러 달려가는 곽은철 등에 대고 시아가 던진 말이 있으니.

"내가 보니까 너, 고양이랑 친해지면 의외로 잘해 줄 거 같아."

곽은철은 들은 척도 하지 않았고 속으로 '말도 안 되는 소리 하고 있네' 하고 비아냥거렸지만, 앞으로 길고양이와 마주칠 때마다 시아의 말을 떠올리게 될 것이었다.

"쟤한테 그런 말은 왜 하고 그래?"

곽은철의 뒤통수를 노려보던 겨리가 툴툴거린다.

"요즘 생긴 버릇인데, 어떤 사람이든 고양이로 바꿔서 생각해 보게 되거든."

머쓱해진 시아가 대답한다.

"이 사람이 고양이라면 어떤 고양이일까, 그런 거?"

"응, 그런 거."

"그럼 꽥은 오리 고양이겠네? 미쳤어요, 꽥꽥!"

그러자 시아가 풋, 웃는다. 겨리도 피식, 웃는다. 어깨를 들썩이며 웃던 두 사람은 웃음보가 터지는 바람에 "오리 고양이래! 꽥꽥이래!" 하고 책상까지 두드리며 폭소한다. '별것도 아닌 일로 숨넘어가게 웃기' 대회에서 우승을 다투는 경쟁자처럼.

웃음이 진정되자 점심시간의 끝을 알리는 예비 종이 울린다. 시아는 손 빗질을 하며 머리카락을 다듬더니, 5교시가 시작되자 등과 머리를 세우고 두 손은 모아 책상에 올려놓은 자세로 졸기 시작한다.

오후의 햇볕을 이불처럼 덮고 숙면에 빠진 시아를 보며 겨리는 생각한다.

'얘 정말, 고양이 같잖아?'

## 찬성하는 고양이는 꼬리!

고양이가 된 지도 사흘째.

나는 고양이풀이라도 된 듯 화단에 숨어 지낸다. 고양이가 돼서까지 진 빠지는 달리기와 폭풍 잔소리에 시달리기 싫어서다. 아파트 단지 안을 돌아다니다가 차차나 아라와 마주쳤다가는 쫓기거나 한바탕 훈계를 들을 테니까. 한 번뿐인(설마 아홉 번은 아니겠지!) 묘생, 피곤하게 보내고 싶지 않다. 우락부락한 대장 고양이 성향도 어떤지 파악하지 못했고. 장수 할배는 이 구역 대장의 마음씨가 좋다고 했지만 글쎄, 겪어 보기 전에는 모를 일이다. 난 지금 요만한 떠돌이 고양이니까, 매사에 조심해야 한다.

밤이 돼 공기가 쌀쌀해졌는데도 장수 할배가 추천한 지하실로는 안 간다. 사실은 못 가는 거지만. 깜깜한 지하에서 쥐라도 마주치면 어떡하려고! 난 쥐가 무섭단 말이다. 며칠간 고양이로 지내 보니 고양이 눈은 밤에 잘 보이고, 특히 움직이는 사물을 잘 본다. 그러니 어둠 속에서 움직이는 쥐가 얼마나 잘 보일까, 으으.

가로등이 켜지자 내 기억에도 반짝, 불이 들어온다. 계단을 한 층씩 오를 때마다 켜지는 센서 등, 멀리서 들려오는 뱃고동 소리와 겹쳐 울리는 단조로운 기계음.

나는 번쩍 눈을 뜬다. 그새 졸았나 보다. 잠에서 깨어났는데도 머릿속에서는 띠리리리 멜로디가 울린다. 내가 살던 연립 주택의 초인종 소리다.

"그래서 난 대체 누구냐고!"

얼굴도, 이름도 모르는 본래의 나. 잃어버린 나.

"아빠, 야옹이! 야옹이가 야옹거렸어!"

길을 지나던 귀 밝은 아이가 외치더니 야옹이를 찾는다며 사방을 헤집고 다닌다. '야옹이가 아니라 오랑이란다'라고 말하고 싶었지만 눈에 띄지 않으려고 몸을 웅크린다. 야옹이 대발견의 희생물이 됐다가는 들킨 야옹이만 귀찮아질 테니.

"야옹이 잘 시간이야. 우리도 이제 가서 자자."

아빠가 아이를 어르고 달래서 데려가는가 싶었는데, 흔들리는 나뭇가지. 내가 은신한 무궁화나무 안쪽으로 웬 테니스 라켓이 훅 들어온다. '야옹이 찾았다!'의 주인공은, 아이가 아니라 어른이었다. 운동복 차림에 담배 냄새를 풍기는 아저씨.

"이놈의 고양이! 여기 있으면 모를 줄 알고? 썩 꺼지지 못해!"

아저씨가 소리치며 라켓으로 내 등과 배를 찌르고, 나는 화단 반대편으로 도망간다.

"쥐약이라도 놔서 싹 다 없애든가 해야지. 사람 사는 곳에 더럽게 고양이가!"

신경질과 저주를 퍼붓더니 내장 저 깊은 곳에서 가래침을 끌어올려 땅에 뱉는다. 고양이가 더럽다고? 그러면 그 침은 3중 필터에 거른 청정 히말라야 만년설이라도 되나 보죠?

씩씩거리며 아파트 건물로 들어간 청결과 위생의 수호자는 얼마 뒤, 일회용 그릇을 들고 나타난다. 벤치 아래에 놓이는 그릇. 바람을 타고 풍겨 오는 냄새는, 참치 통조림이다.

"이거 나눠 먹고 잘들 가라!"

그릇에서 이상할 정도로 고소한, 달콤하기까지 한 냄새가 진동한다. 참치가 이렇게 향기로운 음식이었나? 저기에 뭘 탔을까. 쥐약을 놔서 고양이를 없애겠다고 한 말에서 살기가 느껴졌단 말이지. 부당한 탄압을 받은 고양이라서 하는 소리가 아니고, 진짜로. 참치 냄새를 맡은 고양이들이 벤치 주변으로 모여든다. 뒤에는 참치가 있고, 앞에는 고양이가 있다. 그 사이에는 나 오랑이 있고.

"이, 이거 먹으면 안 돼. 먹으면 죽어!"

낯선 고양이들을 막아서려니 해코지라도 당할까 겁나지만, 입 다물고 가만히 있다가는 더 큰일이 터질 것이다. 내 말을 들은 고양이들이 주저하며 멈칫거린다. 장수 할배가 때 되면 다 말이 통할 거라고 했는데, 그때가 이때일 줄이야.

"뭐야, 너? 뭔데 이래라 저래라야?"

냥도그 차차가 가느다란 목소리로 호통친다. 정수리에서 반짝이는 고운 가루. 설탕인 줄 알았는데 모래구나.

"여기에 쥐약 들었단 말이야. 먹으면 죽는다고!"

"그걸 네가 어떻게 알아? 먹어 봤어? 너 혼자 맛있는 거 차지하려고 수 쓰는 거 모를 줄 알아? 쪼끄만 게 어디서 못된 것만 배워 갖고. 저리 비켜!"

차차가 나를 밀치고 참치를 먹으러 가려는데, 뒤쪽에서 녀석과는 결이 다른, 묵직한 목소리가 들려온다.

"꼬마, 차차 말에 대답해 봐. 정말 저기에 쥐약이 들었다는 거야? 그걸 어떻게 알았지?"

스포트라이트처럼 한쪽으로 쏠리는 시선. 화단 앞에

늘어선 차 중에서도 가장 크고 높은 택배 트럭 지붕에 올라앉은 고양이. 대장이었다.

"그건, 그러니까 그게…."

어디부터 어디까지 밝혀야 하지? 이래 봬도 내가 사람이라서, 테니스 라켓을 들고 다니는 못된 인간이 하는 말을 알아들었다고 해? 아니면 그냥 어쩌다가 알게 됐다고 우겨? 결정을 내리지 못하고 망설이는 내 시야의 끄트머리에 뭔가 잡힌다.

"쥐! 저, 저기! 쥐!"

참치 그릇에 들어가 포식 중인 쥐였다. 고양이가 이렇게나 많은데도 아랑곳하지 않고 야식을 드시러 오셨다니 그 용기는 역사에 길이 남겠으나 먹보 쥐 선생님, 그거 쥐약이라고요! 주문하지도 않은 생쥐 소짜가 추가된 쥐약 참치 샐러드를 앞에 둔 채 고양이들은 눈만 멀뚱거린다. 배가 부를 만큼 불렀는지 쥐가 그릇 밖으로 나온다. 입안 가득 참치 도시락을 채워 넣고서. 용감한 쥐 선생은 등장할 때처럼 홀연히 퇴장하려 했으나 몇 걸음 못 가 쓰러지고 만다. 그러고는 경련을 일으키더니 입가에 거품을 부글거리며 이 세상에서 영원히 퇴장.

"거봐요, 내가 뭐랬어요. 쥐약 들었다고 했잖아요…."

내 말이 진실로 드러났는데도 유쾌하지 않다. 예로부

터 생쥐는 고양이 밥이라지만 사람이 고양이를 해치려고 놓은 쥐약을 먹고 죽은 쥐라니, 이게 뭐야.

고양이들은 얼떨떨한 표정으로 참치 그릇을 봤다가 죽은 쥐를 봤다가, 나를 봤다가, 대장을 본다. 대장은 가뿐하고 날랜 동작으로 트럭 지붕에서 뛰어내린다.

"어쨌거나 꼬마, 네 말이 맞았구나. 그럼 차차는 뒤처리를 부탁한다."

대장의 말에 차차는 나를 노려보며 참치 그릇으로 걸어간다. 그러더니 나에게서 시선을 떼지 않은 채, 참치 위로 쉬— 소리가 나도록 세차게 오줌을 싼다. 오줌 뒤에 똥이 이어졌을 가능성에 관해서라면, 그 부분은 내 정서적 안정을 고려해 생략하겠다. 위험물 처리 임무를 수행하는 차차 눈빛이 '하아, 내 아까운 참치…' 하는 아쉬움으로 요동치고 있었다는 점만 밝혀 둔다.

"너, 지금 보니 여기에서 태어난 녀석이구나. 어릴 때 모습이 남아 있어."

나를 살펴보던 대장이 말한다.

"그렇다고 들었… 네, 그렇죠."

"어때, 우리 구역에 정착할 마음이 있나?"

"여, 여기에요?"

"그래, 달리 있을 곳이 없다면."

어느새 다가온 삼색이 아라가 내 귀에 대고 "뭐 해? 얼른 대답 안 하고?"라면서 뾰족한 발톱으로 옆구리를 찌른다.

"네, 뭐, 그럴게요."

장수 할배가 한 말이 맞았다. 이 구역 대장, 마음씨 착한 고양이였어…!

"좋아, 이름이 뭐지?"

"내가 알아요, 대장. 얜 오랑이에요. '이리 오랑' 할 때 그 오랑."

아라가 나 대신 대답하더니, 뭐든지 다 아는 영특한 자신이 기특한지 수염을 움찔거린다.

"대장, 요 꼬맹이를 받아 주겠다는 거야? 투표라도 해요, 투표!"

분위기 좋았는데 차차가 찬물을 끼얹고 모래까지 뿌린다.

"야! 대장이 결정하는 건데 왜 네가 난리야, 건방지게!"

정의로운 아라가 건방진 차차를 구석으로 몰아붙이려 하는데, 대장이 아라를 말리더니 말한다.

"오랑이 우리 구역에 들어오는 걸 찬성하는 고양이는 꼬리!"

"난 반대!"

차차는 대장의 말이 끝나기도 전에 뒷다리에 딱 붙도록 꼬리를 내리고 외친다. 그러나 대다수는 차차와 의견이 다르다. 대장 주변에 모여 선 고양이들부터 촛대처럼 빳빳이 꼬리를 세운다. 가로등 불빛을 받은 눈빛이 촛불처럼 반짝인다. 차 옆, 쉼터로 쓰는 나무 정자의 지붕, 담벼락, 화단… 주변 곳곳에서 상황을 살피던 고양이들도 촛대 꼬리가 된다. 마지막으로 대장과 아라까지도.

고양이가 눈물을 흘릴 줄 몰라서 다행이다. 날 끼워 줘서 고마워, 하고 감동의 눈물이라도 터질 느낌이니까. 고양이 되고 사흘 동안 나 좀 외로웠던 건가. 어쨌거나 함께 지낼 고양이들이 생겼다.

"에이, 말도 안 돼!"

차차가 투덜거리며 앞발 발톱을 나무에 대고 벅벅 간다. 분위기 파악도 못 하는 감동 파괴자 같으니라고. 안 울길 잘했지.

"차차, 그쯤 해 두고 오랑을 안내해 줘. 이제 우리 식구야."

"아, 아뇨! 난 안내 같은 거 필요 없…!"

"그럴게요, 대장. 우리 구역의 평화를 위해서 이 한 몸 기꺼이 희생하죠!"

방금 전까지만 해도 불만으로 가득하던 차차가 돌연 내 말을 끊더니 "환영한다, 꼬맹이" 하며 씨익 웃는다. 시커먼 오징어 먹물을 섞은 염라대왕 핫도그처럼 으스스한 웃음이다.

"대장, 오랑은 내가 맡을게요. 차차 쟤는 맨날 소리만 지르고 동네 시끄러워져요."

사색이 된 내 얼굴을 봤는지, 아라가 차차를 제치고 나섰다. 역시 뭐든지 아는 아라, 내 마음도 알아주는 행운의 요정.

"넌 왜 갑자기 끼어들고 그러는데?"

차차가 항변하자 아라가 말없이 꼬리를 휘둘러 바닥을 때린다. 다다닥, 펀치 소리가 들렸다면 나만의 희망 사항일까. "사, 사실은 나도 귀찮았어"라면서 귀를 젖히고 물러서는 차차를 보니 그렇지만도 않은 듯.

"그럼 오랑은 아라가 안내해 주고, 차차는 저 쥐를 맡으면 되겠군."

대장이 교통정리를 하자 차차는 구시렁대면서도 죽은 쥐의 꼬리 끝을 문다. 그르릉 소리를 내며 쥐를 물고 흔드는 허세가 기세등등하다.

"구석진 데 가서 먹을 생각은 마. 그랬다간 너도 그 꼴이 날 테니까."

우리 멋진 아라 언니의 경고.

"내가 바보냐?"

이 말을 하느라 물고 있던 쥐를 떨어뜨리는 차차. 말은 저렇지만 어디 으슥한 데로 가서 쥐가 챙긴 참치 도시락을 꺼내 먹지는 않을지, 내가 다 걱정스럽다.

고양이들이 흩어지자 신입 오랑냥과 안내묘 아라만 남는다.

"이제 보니까 제법 쓸모 있구나, 너? 쥐약 들었다는 건 어떻게 안 거야?"

"그냥 어쩌다가. 고양이 싫어하는 사람이 먹을 걸 놓고 가길래 이상해서."

"혹시 이만한 막대기 들고 다니는 사람? 그놈이라면 쥐약을 타고도 남지. 아무튼 잘했어."

아라가 내 뺨에 자기 이마를 문지른다. 잘했다고 머리를 쓰다듬는 느낌으로.

"근데 오랑 너, 여기 살았었어?"

"어렸을 때라 잘 기억은 안 나. 넌 내가 기억나?"

"아니. 난 너 없을 때 이 구역에 들어왔거든."

개나리 아파트의 붙박이 고양이처럼 굴더니, 엄밀히 따지면 나보다 후배군.

"우리 집을 구경시켜 줄게. 이번에 다시 잘 봐 둬."

우리 집. 이제는 아파트 단지 안이, 나무와 아스팔트 길과 화단과 지하실이, 내가 살 집이다.

## 사람고양이

"우리 집은 여기까지야. 아까 본 커다란 문부터 이 작은 문까지."

아라가 후문 앞, 목련 나무 근처에 멈춰 선다. 커다란 문이란 아파트 단지의 정문, 작은 문은 후문이다. 고개를 빼고 살피니 2차선 도로 너머는 빌라가 모인 주택가 같다.

"위험하게 뭐 하는 짓이야? 집 밖으로 나가면 안 된다고!"

아라가 앞발을 들어 내 이마를 툭 치며 경고한다. 잘했다며 칭찬해 줄 때는 언제고, 성격 나오는구나.

"나가긴 내가 언제? 잠깐 보기만 했어."

"그러다가 어디 한번, 하면서 나가게 되는 거야. 나갔다가 영영 못 돌아오는 수가 있어. 집 밖이 얼마나 위험한지 몰라? 여기 오기까지 고생깨나 했을 텐데 그걸 그새 까먹었니?"

오랑이 되기 전의 꼬맹이는 다른 구역을 떠돌다가 이곳으로 돌아온 고양이였다. 나는 아라 펀치가 두려운 나머지 눈알만 굴려 문밖을 훔쳐보며 꼬맹이의 여정을 상상한다. 개나리 아파트로 오기까지 무슨 일을 겪었을지, 어떤 위험을 감수했을지.

기억 속에서 또다시 울리는 초인종 소리. 그런데 저번과는 느낌이 다르다.

"어!" 하고 외치자 아라가 "왜!" 하고 묻는다.

"아, 아무것도 아니야. 뭔가 생각이 나서."

방금 전 그 초인종 소리의 의미를 알아차린 참이다. 그건 꼬맹이 몸에 남은 기억이었다. 높은 곳으로 뛰어오르거나 앞발에 침을 묻혀 세수하는 본능처럼 몸이 간직한 기억. 꼬맹이도 띠리리리, 울리는 초인종 소리를 들어 본 것이다.

난 지금 꼬맹이 몸 안에 있다. 그렇다면 꼬맹이의 영혼이나 정신, 마음, 그런 건 혹시… 내 몸 안에? 내가 잃어버린 인간의 몸 말이다. 고양이가 된 사람과 사람이 된 고양이, 둘 중 뭐가 더 (       )할까. 빈칸에 들어갈 말이 무엇인지는 각자의 삶이 판단하겠지.

"아라 넌 어디에서 왔는데? 여기까지 오는 거, 많이 힘

들었어?"

"나? 난, 멀리서 왔어."

아라는 어딘가 먼 곳을 바라본다. 저 바깥은 꿈도 꾸지 말라며 엄포를 놓더니 넌 왜 그런 눈빛인데.

"이 안이라고 해서 안전한 건 아니잖아. 쥐약 탄 밥만 해도 그렇고."

나는 먼 곳을 떠도는 아라의 마음을 가까이 불러들이고 싶어서 한마디 툭 던진다.

"집 안이 이 정돈데 밖은 얼마나 더 위험하겠냐. 됐고, 밥 먹는 데나 보러 가자."

아라는 나를 데리고 아파트 단지 안을 돌면서 밥과 물이 놓인 급식소를 알려 준다. 화단 깊숙한 곳이나 구석진 모퉁이, 항상 주차돼 있는 차 아래…. 아라가 아니었다면 고양이가 된 지 얼마 안 된 내 눈에는 띄지 않았을 곳들이다. 이 아파트에 사는 사람이 하루에 한 번씩 물과 밥을 갈아 주고 간다고 하는데, 겨리네 엄마를 말하는 모양이다. 그분은 지난 사흘 동안, 내가 숨어 지내던 무궁화 덤불 옆에도 오랑 전용 밥상을 차려 줬다.

"밥이랑 물에다가 쓰레기 버리는 사람들이 있으니까 잘 보고 먹어야 돼. 그런 거 먹었다간 고생해."

아라의 안내에 따라 다음 급식소로 가는데, 어떤 고양

이가 화단 경계석에 오도카니 앉아 있다. 무늬도 그렇고 눈매도 그렇고, 거울로 본 내 모습과 닮은 듯하다.

"사랑이 아줌마, 몸은 괜찮으세요?"

아라가 사랑이라는 고양이에게 안부를 묻는다.

"그냥 그래. 신경 써 줘서 고맙구나. 그런데 넌…?"

사랑이가 내 쪽으로 고개를 돌린다. 콩닥거리는 심장, 이 심장은 꼬맹이 것이다. 꼬맹이가 태어나 자란 곳, 제 엄마가 있는 이곳으로 돌아왔다고 겨리가 그랬지. '엄마!' 하고 소리쳐 부르던 기억. 한배에서 태어난 고양이들과 뛰어다니며 놀던 한때가 떠오른다. 이 기억도 꼬맹이 것. 꼬맹이는 정말, 제 엄마가 그리워서 개나리 아파트로 왔을까.

배고픈 새끼 고양이들이 어미를 찾으며 삐용삐용 우는 소리가 들려온다. 사랑이는 무슨 말을 할 듯 입을 달싹거리다 말고, 자리에서 일어나 새끼들에게 간다. 앞발을 약간 절면서, 한두 번 뒤를 돌아보면서.

우리 엄마 아빠는 딸이 사라졌다는 걸 알기는 알까? 내가 빠져나간 내 몸이 온전한 나인 척 딸 노릇을 하고 있다면? 거기에 고양이 영혼이 깃들었다면? 고양이 같은 딸이라면 몰라도 딸이 된 고양이라니. 앞뒤 맥락은 지워졌지만 내가 '고양이를 키우면 동생처럼 보살펴 줄 거예요'라고 한 말이 생각난다. 그러던 내가 이 구역 신입 고양이가 돼 버렸다. 인생이란 한 치 앞도 모르는 법이라고 들었지만 어느 날 갑자기 묘생은 대체 몇억 광년 앞이야. 아무것도 모르는 주제에 멀리 가도 너무 멀리 갔다.

펄럭이고 부스럭거리는 물체가 빠른 속도로 다가온다. 커다란 비닐봉지의 한쪽 손잡이에 목이 낀 노랑둥이 고양이다. 급한 김에 비닐 망토를 반만 걸친 채 달려 나온 고양이 히어로 같기도.

"쟤 또 저러네. 내가 못 살아. 어쩜 이렇게들 손이 많이 가는지!"

아라는 툴툴대면서도 녀석이 옆을 지나갈 때 앞발을 내민다. 절묘한 각도로 비닐 손잡이를 찢는 발톱. 봉지가 빠졌는데도 그걸 아는지 모르는지, 노랑둥이는 단지 안을 우다다 질주한다.

"쟨 겨자야. 자기가 자꾸 다시 태어난다고 믿는 애지. 묘생을 반복해서 살고 있다나, 뭐라나."

"뭐? 말도 안 돼."

말해 놓고 나니 뻔뻔하기도 해라. '인간이었습니다. 그런데 고양이입니다'는 말이 되고? 반복되는 묘생은 최소한 종의 일관성이라도 있는데 넌 줏대도 없이 뭐냐, 오랑. 어쨌거나 겨자도 뭔가 사연이 있는 듯하다.

"나 쟤한테 뭐 좀 물어보고 올게!"

나는 저쪽으로 내달리는 겨자를 향해 뛰어간다. 담, 나무, 차, 벤치 위를 쏜살같이 뛰어다니는 겨자. 묘생을 반복할 때마다 각 생에 정신을 한 움큼씩 두고 오기라도 했는지, 지켜보는 나까지 정신이 없어진다.

"할 말이 있어서 그러는데 잠깐만!"

등나무 벤치의 지붕을 보며 외쳤는데 다음 순간, 내 옆에 앉아 고양이 세수를 하고 있는 겨자. 이 정도면 순간 이동이거나 잔상이다.

"안녕, 오랑. 넌 날 못 봤겠지만 저쪽 느티나무 있지, 그 위에서 나도 꼬리 들었어. 너 아까 되게 멋지더라. 그 쥐약 먹기라도 했어 봐, 다들 꽥! 난 다시 태어나면 그만이지만 아니다, 나한테까지 순서가 안 돌아와서 먹지도 못했겠구나. 아라가 안내해 주고 있는 거야? 차차가 괴롭히면 아라한테 말해. 다들 그럴 땐 아라부터 찾거든. 날씨도 선선한데 나랑 우다다 할래? 아님 저기 올라가서 벌레 잡을래? 살이 통통하게들 쪘던데. 참, 할 말 있다면서? 뭔데, 뭔데? 왜 말을 안 해?"

침으로 쏘는 물총이 고막으로 날아드는 느낌이다. 이 구역에는 어떻게 된 게 평범한 고양이가 없어. 그중에서 내가 제일 이상하지만.

"저기, 아라한테 들었는데, 묘생을 반복해서 살고 있다고…?"

"응, 내가 좀 그렇지. 안 믿어도 상관없어. 믿든 말든 진실은 진실이니까. 왜, 내 역사가 궁금해? 1회 차부터 들려줄까?"

"아, 아니! 궁금하긴 한데 지금은 그거 때문이 아니라 너처럼 뭐랄까, 살짝 똘… 아니, 그래, 독, 독특한! 독특한 고양이가 또 있나 해서. 예를 들면, 원래는 사람이었다고 주장하는 고양이라든가, 그런 고양이 본 적 있어?"

"아, 사람고양이. 당연하지!"

예상치 못한 시원스러운 답에 말문이 막힌다. '실은 내가 그 사람고양이인가 그거거든' 하면 어떤 반응이 돌아올지. 겨자 캐릭터의 일관성으로 미루어 짐작하건대, 서쪽에서 불어오는 이 바람이 방향을 바꾸기도 전에 동네방네 소문이 나겠지. 여러분, 다들 모여 봐요! 오랑이 얘가 글쎄 사람이었대요!

"사람고양이들은 한동안 이상하게 굴다가 어느 날 보면 멀쩡해져 있어. 자기가 사람이라고 그랬던 건 기억을 못 하더라고. 지지난번 묘생에서도 그런 친구가 있었지."

겨자는 말끝에 고개를 젖혀 하품하며 밤하늘의 달을 한입 깨문다. 겨자 입에 들어갔다 나온 달은 반쪽이 사라져 반달이 됐다.

"근데 사람고양이는 왜?"

"그게, 오해하지 말고 들었으면 좋겠는데…."

"네가 사람고양이라는 오해는 절대로 안 할 테니까 걱정 마. 아무한테도 말 안 할 거고. 특히 차차한테는 비밀! 나, 몸이 가벼워서 그렇지 입은 무겁거든."

"그래, 고마, 응? 아니, 내가 언제…."

"조상님이 오면 그분한테 물어봐. 아마 답을 주실 거야."

겨자는 뒷다리를 들더니 몸단장을 시작한다. 혼자 있고 싶으니 이제 그만 가 달라는 뜻인가?

"바쁠 텐데 미안하지만 하나만 더 물어볼게. 조상님이 누구야?"

"있어, 엄청 오래 사신 분. 저 반달이 반대로 뒤집힐 때쯤이면 우리 구역에 오실 거야."

오늘 밤, 하늘에 오려 붙인 듯 선명한 반달은 상현달이다. 하현달이 뜨려면 보름쯤 지나야 한다.

사람고양이에 관해서라면 보름 뒤 반달이 반대 방향으로 뜰 때, 우리 동네 조상님에게 물어볼 것. 정보 제공자는 정신없는 고양이, 겨자.

## 우리 동네 조상님

어느덧 시간이 흘러 뒤집힌 반달이 뜬 늦은 밤, 아파트 단지 안에 고양이 행렬이 이어진다. 겨자의 예고대로 오늘, 조상님이 개나리 아파트를 찾아왔다. 나도 그 유명하다는 조상님을 만나 뵈려고 행렬에 합류한다.

"오랑, 조상님한테 드릴 수염은 챙겨 놨지?"

아라가 네발을 통통 튕기듯 분주히 걸으며 묻는다.

"수염? 수염을 왜?"

"조상님한테 고민 상담 안 할 거야?"

논리적인 흐름으로 봤을 때 조상님에게 고민 상담을 하면 상담료로 수염을 내야 한다는 얘기인데, 흐음, 조상님 이거 돌팔이 아냐? 호칭부터 사기꾼 냄새가 나잖아. 어르신도 아니고 몇 단계나 건너뛰어 조상님이라니. 스마트폰이 있으면 '현장 잠입 취재! 고양이들 수염을 빼앗아가는 고양이의 정체는?'이라는 제목으로 영상이라도 찍어서 올릴 텐데. 고양이 말은 자막으로 달고.

"얘가 무슨 고민이 있어? 아무 생각 없이 사는 애잖아."

근처에 차도 없는데 어디서 튀어나왔는지, 차차가 나를 약 올린다. 다른 고양이도 아니고 차차한테 생각 없다는 말을 듣다니, 된장이 똥한테 냄새난다고 놀림당하면 이런 기분일까? 나는 주변을 꼼꼼히 둘러본 다음 차차를 보며 묻는다.

"누구? 나?"

"그래, 너! 지금 너한테 말하고 있잖아!"

시작도 안 했는데 벌써 열받은 차차가 씩씩거리고 난리다.

"참 나, 누가 할 소리를…."

"뭐! 이게! 죽을래!"

녹아서 흘러나온 모차렐라 치즈 같은 턱살을 흔들며 달려드는 냥도그. 도망갈 타이밍을 놓친 나는 눈이라도 감는다. 10까지 세도록 아무 일도 없어서 실눈을 뜨니, 어느새 달려온 대장의 앞발에 머리가 눌린 차차. 저런, 모차렐라 핫도그 터지면 지저분해지는데.

"차차, 조상님 오시는 날에 소란 피우지 말랬지?"

"요 쪼끄만 게 먼저 시비를 걸었다고요!"

"무슨, 내가 언제…."

따지고 들려던 나는 카리스마 대장의 매서운 눈빛에 수그러든다. 차차 꼴 나기 싫으면 잠자코 있어야지. 대장이 풀어 주자 차차는 "맨날 나만 갖고 그런다니까" 하고 불평하면서 애꿎은 나에게 이빨을 드러낸다. 자기야말로 왜 나만 갖고 그러는지 모르겠네. 가만있으니까 이 냥도 그가 날 고양이 핫바로 본다니까. 나는 차차가 고개를 반대편으로 돌리는 틈을 타 잽싸게 혀를 내밀고 '메롱!'을 날린다.

무리를 이끌고 가던 대장이 발걸음을 멈춘다. 후미진 귀퉁이에 자질구레한 청소 도구나 원예용품을 보관하는 자개농이 있다. 그 앞에 고양이들이 자리를 잡는다. 난 팔짱을 끼는 느낌으로 꼬리를 꼬고 앉는다. 그래요, 조상님. 어디 구경이나 해 보자고요.

두근두근 수런수런 기대감과 긴장감이 고조되는 가운데, 자개농 문이 덜그럭댄다. 그때를 맞추어 가로등이 깜빡거리자 불빛에 일렁이는 자개 무늬. 아귀가 맞지 않아 반 뼘쯤 열린 문을 누군가 안쪽에서 밀친다. 웬일이야, 장롱 천장에 미러볼이 달렸잖아? 그보다 더 놀랄 일이 있었으니, 빙글빙글 도는 화려한 조명 아래 모습을 드러낸 조상님은 바로…!

"장수 할배?"

내 입에서 조용한 외침이 터져 나온다.

장수 할배가 조상님이었어? 하긴, 겨자가 조상님을 '엄청 오래 사신 분'이라고 소개하기는 했지. 그 전에 나부터도 장수 할배란 이름을 붙였고. 난 참 퍼즐 조각을 쥐고도 맞출 줄을 모른다. 발만 있고 손은 없어서 그런가?

"다들 모였구나. 오늘도 너희에게 새 소식을 전하러 왔다."

가는 곳마다 말이 많았는지 첫 말씀부터 목이 쉬다 못해 잠겼다. 고양이 청중이 소곤거림을 멈추고 조상님을 주시한다.

"먼저 안전에 관한 정보부터. 동네에 목줄 풀린 개가 돌아다니니 조심해라. 덩치가 크고 사나운 데다가 잔뜩 화가 난 녀석이다. 보는 즉시 안전한 곳으로 피해야 한다."

개나리 아파트에도 반려인과 산책하러 나오는 개가 많다. 녀석들이 나타나면 낮잠이든 일광욕이든 팽개치고 도망쳐야 한다. 집에서 사는 개들은 대체로 대책 없이 행복한 데다가 세상을 무턱대고 긍정적으로 보는 애들인데도, 길고양이만 보면 원수나 부하로 삼고 싶어 안달이 나 달려든다. 그런데 크고 사나우며 화가 난 데다 목줄까지 풀렸다니 주의 필수.

"겨울을 앞두고 날이 점점 추워지고 있다. 이맘때면 꼭 하는 말이지만 춥다고 절대 차 안쪽에 들어가면 안 된다."

시동을 끈 지 얼마 안 돼 따뜻한 차의 엔진룸에 들어가 사고를 당하는 길고양이들. 냥 박사가 집에 가서 부모님에게 전해 드리라며 친구들에게 해 주던 이야기다. 겨울에는 차 보닛을 똑똑 두드려서 고양이한테 도망갈 시간을 줘야 한다고 말이다.

"추위가 닥치면 밥 주는 사람들이 마련해 놓은 겨울집이나 지하실을 이용해라. 한데 모여서 자고, 추울수록 밥을 든든히 먹어 두고. 맛없는 밥이 나오더라도 남기지 말고 먹어야 한다."

조상님의 새 소식 코너라고 해서 비둘기 깃털이나 말라붙은 쥐 꼬리라도 판매하나 했더니 알짜배기 생활 정보잖아? 가끔 맛없는 밥이 나온다는 현장 상황까지 파악해 놨다. 나도 길냥이로 올겨울을 나게 된다면 맛이 있건 없건 그간 멀리하던 연어 통조림과 생선 맛 사료를 마다하지 말아야 할 텐데. 몸이 마음을 따라 주지 않으니 이것 참. 어쩌면 마음이 몸을 따라 주지 않는지도.

"몸이 아프거나 겨울이 너무 힘겨우면 쇠집에 들어가

거라. 이 동네에서 밥 주는 사람들은 믿을 만하고, 쇠집도 그 사람들이 관리하니까. 하지만 선택의 책임은 스스로 져야 한다. 인간은 선택하는 쪽이 자기들인 줄 알지만 천만에, 우리가 새로운 삶을 선택하는 거지. 덜 자유롭지만 더 안전한 삶을 말이다."

쇠집? 아, 아프거나 다쳤거나 중성화 수술이 필요한 길고양이를 구조하려고 설치하는 통덫을 말하나 보다.

"마지막으로, 잃어버린 고양이를 애타게 찾는 사람이 있어서 전해 주마. 젊은 여자, 중간 키, 머리털이 길고 몸에서는 장미 향과 땅콩 냄새가 난다. 2년 전에 이 동네에서 고양이를 잃어버렸고…."

내 옆에 앉아 있던 아라가 벌떡 일어나더니 뭐라고 웅얼거리며 무리를 빠져나간다. 택배 받을 게 있다고 한 것 같은데 설마, 잘못 들었겠지.

새 소식 전달이 끝나자, 고민 상담 순서가 이어진다. 고양이들이 자개농 앞에 줄을 서더니 한 녀석씩 안으로 들어간다. 장수 할배가 자기 쪽 문짝을 닫아 놔서 바깥에서는 빙글빙글 미러볼 아래 심각하고 진지한 고민 상담자의 옆모습만 보인다.

"마음에 드는 고양이가 있는데 그쪽은 절…."

"제가 밥을 먹으면 조금 있다가 토하는 경우가 많은데

요. 자꾸 그러니까 속도 불편하고 밥도 아깝고….”

바람결에 실려 오는 갖가지 사연. 앉은 채로 졸다 보니 내 차례가 돼서, 나는 자개농 안으로 뛰어올라 문을 반쯤 닫는다.

"오, 자네로군? 큰 공을 세웠다는 이야기는 들었다네. 이 구역에 잘 적응한 듯해서 내가 다 뿌듯하군. 오늘은 무슨 얘기를 하려고 문까지 닫으셨나? 상담 내용은 비밀이 보장되며 녹음되지 않는다네."

장수 할배는 공구함에 올라앉아 있어서 고개를 젖히고 올려다봐야 한다. 지혜로운 조상님을 우러러보는 분위기가 절로 우러나는 위치 선정.

"제가 갑자기 고양이가 됐다고 한 거, 기억하시죠?"

"물론이지. 고양이는 짐작보다 훨씬 더 많은 걸 알잖나."

"사실 저는요, 사람이에요. 사람인데 어쩌다 보니 길냥이로 살게 된 거죠."

"사람고양이란 얘기지? 가끔 듣는 고민인데 이번에는 자네로군."

장수 할배의 눈빛은 놀라움이나 비웃음도 없이 잔잔하다. 내 말을 믿는 거야, 안 믿는 거야. 오히려 내가 돌팔이나 사기꾼으로 보이지 않을지 걱정된다.

"상담료는 선불이니 자, 먼저 수염부터 내놓게."

장수 할배가 앞발 한쪽을 내민다. 자개농에 들어왔으면 이곳 규칙에 따라야 하는 법. 나는 하는 수 없이 발로 주둥이 부근을 훑는다.

"안 빠지는데 어떡해요? 다음에 드리면 안 될까요?"

"허술한 거 보니 사람고양이가 맞군. 어디 보자, 요놈이 빠지게 생겼는걸?"

장수 할배가 내 수염 한 올을 발로 톡 건드려 떨어뜨린다. 그러고 보니 발치에 수염이 소복하다. 저 많은 수염은 어떤 사연의 흔적일지.

"이제 상담 시작하는 거죠? 제가 사람으로 돌아갈 방법을 아시나 해서 왔어요."

"왜 돌아가려고 하는데?"

"네?"

떡볶이집에 들어가서 떡볶이를 주문했는데 '그건 왜 드시게요?'란 말을 들은 기분이다. 이 와중에 고구마 튀김과 김말이를 곁들인 떡볶이가 간절해진다. 떡볶이 맛 사료는 없나. 겨울을 대비해 뱃살과 탄수화물과 염분을 쌓아 둘 겸, 3냥분씩은 먹어야 할 텐데.

"저는 원래 인간이니까요. 평생 이렇게 고양이로 살 수는 없잖아요."

"왜 못 살아? 고양이가 뭐 어때서?"

"그런 얘기가 아니라요, 무슨 말인지 아시면서 왜 그러세요."

"좋아, 안다 치고. 말해 보게. 자네는 어떤 사람이지?"

"그게 문제예요! 제가 누구인지 기억나질 않아요. 사소한 건 띄엄띄엄 생각나는데 이름이랑 주소랑, 하나도 모르겠어요. 그런 걸 알아야 찾아가 보기라도 할 텐데. 제가 사람고양이라면 어딘가에는 고양이사람이 살고 있을 수도 있잖아요, 그렇죠? 걔를 만나 봐야겠어요. 또 다른 저 자신이니까요."

"모르는 게 많으면 아는 데서부터 시작해야지. 기억나는 것부터 말해 보게."

"자목련동에 사는 중학생이었다는 거랑, 친했던 친구랑… 아! 우리 집 초인종 소리도 생각나요. 집이 정확히 어디인지는 모르겠고요."

"답 나왔군. 바로 거기서부터 시작하게!"

장수 할배가 벌떡 일어나는 바람에 나는 화들짝 놀라 털을 곤두세운다. 결정적 단서를 발견한 기쁨에 춤이라도 추려나 싶었는데, 할배는 네 다리로 바닥을 밀듯이 지탱하며 등을 구부려 기지개를 켤 뿐이다. 난 일생일대의 수수께끼를 두고 심각하기 그지없는데, 한가롭게 기지개라니. 나도 막간을 이용해 떡볶이 생각을 했다지만.

"방금 말한 기억에서부터 시작하는 거야. 답은 이미 아는 것 속에 있는 법이거든."

"어디서부터 뭘 어떻게 시작해요?"

"어허, 오줌을 쌌으면 뒤처리는 스스로 해야지. 남의 발을 빌려서 모래까지 덮으려고 하면 쓰나."

"네? 오줌이요? 모래요?"

"떠먹여 줄 수는 있지만 대신 씹어 줄 수는 없다, 이 뜻이야."

"근데 아까부터 궁금했던 건데요, 수염은 모아서 어디다 쓰시는 거예요? 마법 재료인가요?"

"순수한 목적의 수집이라고 해 두지. 마법 같은 재주가 있다면 자네를 사람으로 되돌려 줬을 테지만, 답은 자기 안에 있는 법이거든. 가만히 들여다보면 어떤 수염이 빠질지 감이 오는 것처럼 말이야."

"그 답이란 거, 방금 전엔 아는 것 속에 있다고 하셨잖아요. 이제는 또 자기 안에 있다고 하시면 어떡해요?"

"자기가 자기를 알아야지 달리 뭘 알겠나? 본래 사람이었다니 이 정도는 알아듣겠지."

사람보다 말을 복잡하게 하는 고양이는 처음이다. 진짜 이 조상님, 사람 아니야?

"저 말고도 사람고양이를 본 적이 있다고 하셨죠?"

"있지. 결국엔 사람으로 돌아간 모양이더군."

"정말요? 어떻게요? 방법이 뭐예요?"

이번에는 내가 벌떡 일어나며 외친다.

"그건 나도 모르지. 떠난 사람은 말이 없고, 남은 고양이는 기억이 없다네. 짐짓 까먹은 척하는 건지도 모르지만. 그럼 잘 가고, 다음 고양이 들어오게!"

나는 떠밀리듯 자개농에서 나와 은신처로 걸어가며 장수 할배에게 들은 조언을 곱씹는다. 답은 아는 것 속에 있다고? 내가 아는 것, 내가 누구였는지 알려 줄 단서.

그게 무엇일까.

## 너, 나하고 바꿀래? –시아의 이야기

 시아는 서랍장에서 카디건을 꺼내 입는다. 오늘부터 기온이 뚝 떨어져서 제법 쌀쌀하다. 침대에는 가을용 솜이불이 깔려 있다. 따뜻하고 푹신한 이불을 덮고 잠들었다가 커튼 틈으로 스며드는 아침 햇살에 눈뜰 때마다, 시아는 자신이 사람으로 살아가고 있다는 사실을 실감한다.
 고양이로 살 때는, 견딜 만한 시기가 길지 않았다. 보통은 덥거나 춥거나, 둘 중 하나였으니까. 더울 때는 몸에 작은 상처만 나도 까딱 잘못하면 곪고 덧났다. 그리고 추울 때는…. 시아는 그 시절의 혹독한 추위가 떠오르자 카디건을 여미며 부르르 몸서리친다. 길고양이에게 겨울은 죽음의 계절이나 마찬가지다. 그 무서운 겨울이 다가오고 있다.
 거울 앞에 가서 선다. 점심시간에 겨리가 넝쿨처럼 땋

아 준 머리, 벗으면 얼굴이 가벼워지는 안경, 알고 보니 아주 편리한 신체 기관인 손과 팔, 점프 실력이 형편없는 다리, 이게 나라니! 봐도 봐도 신기하다.

시아는 '그 고양이'가 어디 있는지 안다. 유독 몸집이 조그매서 다른 고양이들이 꼬마나 꼬맹이라고 부르던 그 고양이는 지금, 개나리 아파트에서 지낸다. 원래 살던 곳은 이 근처였던 것 같은데, 어쩌다 거기까지 갔을까. 시아는 고양이 시절에서 기억나지 않는 부분이 많다. 그런데도 겨리의 스마트폰에서 하얀 몸에 짙은 얼룩무늬가 진 고양이를 본 순간 깨달았다. 얘는 나잖아! 그러자 곧 들이닥칠 추위를 그 조그만 몸으로 견뎌 낼 수 있을까, 하는 걱정이 뒤따랐다. 시아는 집과 학교에서 따뜻하게 지낼 텐데 말이다. 그렇다, 시아는 지금 길이 아니라 집에 있다. 겨울 추위를 걱정하지 않아도 되는 집에.

오늘 학교에서 겨리가 "폰을 잠깐 놓고 갔는데, 얘가 이걸 혼자서 찍은 거 있지? 봐봐, 냥냥거리는 거 엄청 귀여워" 하면서 동영상을 보여 줬다. 영상에는 야옹거리며 카메라를 들여다보는 꼬맹이가 찍혀 있었다. 야옹 소리가 "아, 진짜! 이거 왜 안 되는 거야!" 하는 말로 해석되어 들렸다. 시아는 깜짝 놀란 나머지 겨리의 스마트폰을 놓치고 말았다.

서랍장에서 두꺼운 목도리를 찾아 들고 밖으로 나간다. 집 앞 담장 위에 앉아 찬바람을 맞으며 햇볕을 쬐는 녀석에게 다가가서 야옹야옹, 고양이 언어를 흉내 내어 말을 건다. '내가 누군지 알아보겠니? 내 겉모습 말고 이 안에 있는 진짜 나 말이야'라는 뜻을 담아서.

　고양이가 담에서 내려온다. 말이 통했나 싶어서 손을 내밀자, 녀석이 콧잔등에 주름을 잡으며 '하악!' 성질을 부린다. 썩 꺼지라는 뜻일까? 간식 하나 없는 빈손이 무엄하다는 뜻일까? 인간의 말에 능숙해진 대신, 고양이 언어는 잊고 말았다. 영상 속 꼬맹이의 말은 어떻게 알아들었는지 모르겠다. 혹시 나, 어느 날 갑자기 고양이로 돌아가는 거 아닐까?

　인간의 삶은 나쁘지 않다. 꽤 괜찮다. 꿈에도 구경한 적 없는 쾌적하고 말끔한 집. 사람들이란 얼마나 열심히 집을 쓸고 닦고 가꾸는지. 냉장고나 찬장을 열면 먹을 것이 넘쳐난다. 달걀, 두유, 코다리 조림, 빵, 참치 통조림, 과자, 라면, 과일, 고기. 학교에 가면 또 어떻고? 책상 앞에 앉아 한숨 자고 일어나면 밥이 나오는 기적으로도 모자라 반찬이 매일 바뀌기까지 한다. 그뿐인가, 교복 주머니에 든 용돈으로 매점에서 소시지나 버터 구이 오징어를 사 먹어도 된다. 게다가 친절한 짝꿍, 거리도 있고.

하지만, 그렇지만.

달리고 싶다는 충동에 가슴속이 울렁일 때가 있다. 고양이 시절, 사람들이 잠든 깊은 밤이면 달빛을 친구 삼아 고요한 길 위를 내달리던 기억만큼은 선명하다. 바람에 흔들리던 나무 그림자, 굵은 나뭇가지로 한달음에 올라가던 때의 환희.

인간으로 사는 일은 편리한 한편, 생각보다 피곤하기도 하다. 사람이란 족속이 쓸데없이 부지런한 탓이다. 일단, 잠이 없어도 너무 없다. 일주일에 다섯 날은 일찍 일어나 등교해야 하고, 방과 후에는 학원에 가야 한다. 앉은 채로 눈을 감고 자는 수법도 들키고 말았다. 반 아이들은 "그렇게 잤는데 또 잠이 와?"라면서 놀라워한다. 어떤 선생님은 수면 클리닉에 가서 진단을 받아 보면 어떻겠느냐고 조언해 주기까지 했다. 시아는 그날 밤, "이럴 수가! 이것은 인간의 수면 패턴이 아닙니다. 혹시 고양이 아니신가요?"라며 의사가 호들갑 떠는 꿈을 꿨다. 식은땀을 흘리며 잠에서 깨어난 시아는, 이 세상 시간표에 낮잠 시간과 밥시간만 있다면 좋겠다는 생각에 안타까움을 금치 못했다.

골목길을 둘러보며 누구 보는 사람이 없나 살핀다. 이상한 아이로 보이지 않게, 하루아침에 변했다는 의심을

사지 않게 조심해야 한다. 그것이 인간 생활의 규칙이었다. 그러고는 길 끝에서 끝까지 온 힘을 다해 달린다. 한 번, 두 번, 세 번. 숨이 정수리까지 차오르고 얼굴과 목덜미가 뜨거워진다. 담 밖으로 늘어진 나뭇가지를 향해 점프하며 고양이 기분을 내 보려 시도하지만…. 점프가 안 돼! 몸이 너무 무거워! 착지도 제대로 하지 못하고 땅에 내동댕이쳐진다. 벌떡 일어나 주변을 둘러본다. 인간은 통증보다 창피함을 더 못 참으니까. 겨리가 말하기를, 고양이는 자기 키의 7배 높이까지 뛰어오를 수 있다고 했다. 그러나 이 몸으로는 0.7배도 어렵다.

어떤 길고양이와 눈이 마주친다. 아무것도 못 봤거든, 하는 느낌으로 샐쭉하니 고개를 돌리는 고양이. 물음표 모양으로 구부린 꼬리가 꼭, 넌 대체 누구냐고 묻는 것만 같다.

"나도 원래 안 이랬어. 어쩌다 보니 이렇게 된 거라고."

시아는 고양이가 알아들을 리 없는 인간의 변명을 중얼거린다.

점프쯤은 졸면서도 하는 고양이로 돌아가고 싶은가 묻는다면, 그건 잘 모르겠다. 길고 모진 겨울을 지붕도 없고 솜이불도 없는 길에서 보내기는 싫다. 그 마음만큼은 확고하다. 길고양이는 태어나는 순간부터 매일 마지막 날을 살아간다. 배고픔과 더위와 추위를 이겨 내고, 병과 교통사고와 쥐약까지 용케 피하여 내일을 맞으리라는 보장이 없으므로. 그들에게 시간이란 언제나 오늘 단 하루뿐이다.

"길냥이 생활이 싫었던 거지, 내가 고양이인 건 싫지 않았는데…."

누군가 빌라 현관 옆에 마련해 놓은 길고양이 집이 보인다. 다가올 겨울철을 대비하여 비닐로 방풍 장치를 해 두었다. 시아는 상자 안에 목도리를 깔아 준다. 그런 시아를 피해 지하실 쪽 계단으로 내려가 숨는 또 다른 고양이. 계단 위로 삐져나온 귀 끝을 보니 ^^라는 기호가 생각난다. 가끔 이 여자아이의 몸에 간직된 기억이 떠오를 때가 있다. 스마트폰에 ^^ 모양을 그리는 손가락이 머릿속을 스치고 지나간다.

시아는 집으로 달려가 시아의 방으로 간다. 책상 위에서 먼지가 쌓여 가는 스마트폰을 들고, 잠금 패턴을 입력하는 화면에 ^^ 모양을 그린다.

잠금이 풀린다.

화면을 끄기 직전에 재생되고 있던 동영상이 나온다. 원래의 시아가 원래의 꼬맹이를 찍은 영상인데, 서로의 모습으로 뒤바뀌기 전이다. 영상이 촬영된 곳은 이 연립 주택 뒷마당이다. 목련 나무 아래에 쭈그리고 앉은 촬영자, 시아의 발끝이 보인다. 그 앞에서 꼬맹이가 연어 통조림을 먹는다. 육즙이 풍부하고 고소한 연어 맛을 떠올리자, 시아의 입에 침이 고인다.

"이게 그렇게 맛있어? 난 생선은 싫던데."

영상 속에서 시아가 말하고, 꼬맹이는 연어를 먹으며 고시랑대듯 야옹거린다. 시아는 자기가 고양이일 때 한 말 역시 알아듣는다. '진짜 맛있어!'란 뜻이다.

"너, 나하고 바꿀래? 넌 생선 양껏 먹고, 난 잠이나 실컷 자고. 가만 보면 넌 맨날 자더라."

"냐아—!"(좋아, 안 될 거 없지!)

## 넌 요즘 사는 게 어때?

 5동 앞 화단, 나의 최애 장소. 한적하면서도 양지발라서 햇볕을 쬐며 몸단장하기에 좋다. 촘촘한 빗살처럼 까슬까슬한 혀로 배, 다리, 등을 핥고 꼬리도 두 발로 야무지게 붙잡아서 핥다 보면 시간이 아이스크림처럼 녹아 없어진다. 고양이 몸은 어찌나 유연한지 고개를 돌리면 혀가 목덜미까지 닿는다. 이러다가 뒤통수 핥기도 성공할 듯. 나무 둥치에 사람처럼 기대앉아 엉킨 배털을 푸는 작업을 세심하게 진행하는데, 누군가 벤치에 와서 앉는다. 머리를 넝쿨 모양으로 땋은 겨리다.
 "어, 고양이 구름!"
 겨리가 스마트폰을 들더니 흘러가는 구름을 촬영한다. 고양이 시력으로는 하늘이 잘 보이지 않아서, 하늘 대신 겨리 스마트폰을 본다. 오, 진짜 구름이 고양이 모양이잖아?

"어, 고양이!"

스마트폰을 훔쳐보는 나를 발견한 겨리가 화단 쪽으로 돌아앉는다.

"이젠 안 숨기로 한 거야? 어쩜 넌 보면 볼수록 콩설기 떡처럼 생겼니. 볼 빵빵한 거 봐. 한입 깨물어 주고 싶다니까."

이 세상의 모든 고양이를(심지어 차차조차도) 사랑하는 겨리가 날 촬영하며 "귀여워"를 연발한다. 흠, 그런가? 내가 좀 귀엽나? 나는 카메라를 보며 크고 동그란 눈을 깜빡거리고, 냥 박사는 꺄아악 좋아 죽는다. 자, 받으세요. 옛 친구에게 귀여운 척을 날려 드립니다! 자나깨나 인간을 경계하라고 잔소리하는 아라한테만 들키지 않으면 된다.

"콩설기 님, 털이 축축한 걸 보니 몸단장 중이셨군요? 어디 가려고 그렇게 열심히 꾸미시는 건가요?"

명색이 고양이 박사 냥 박사인데 혹시나, 하는 심정으로 카메라를 보며 성의껏 대답하는 오랑냥.

"꼭 갈 데가 있어야 씻는 건 아니잖아? 고양이가 먹고 자고 털 고르는 게 일이지, 뭐."

"이따 저녁에 남냥친과 마라탕…은 너무 맵지? 네, 닭

가슴살 푸딩을 먹기로 했다고요? 우리 콩설기 님은 요즘 입맛이 변해서 생선은 안 좋아하니까 남냥친은 이 점 참고해 주세요!"

아무리 명예 냥 박사라지만 어떻게 고양이 말을 한마디도 못 알아듣냐. 설마 하고 기대한 내가 바보지. 나는 입을 쓰게 다시고, 고양이 마음이라고는 발바닥 젤리에 붙은 모래알만큼도 모르는 냥 박사는 상황극 촬영을 이어 간다.

"이쯤에서 진지한 질문 들어갈게요. 콩설기 씨는 요즘 사는 게 어떠세요?"

"음, 그럭저럭 지내고 있어. 인간을 적응의 동물이라고 하잖아. 싫든 좋든 적응하는 거지."

내 잠자리는 5동 지하실의 입구 앞에 깔린 낡은 매트다. 쥐 선생들이 무서워서 지하실에는 못 들어간다. 문제는 밥이다. 생선 맛 사료를 보면 자꾸 구미가 당겨서 입에 넣어 보기는 하는데, 강렬한 비린내 때문에 삼키지를 못하겠다. 씹기를 생략하고 목구멍으로 밀어 넣어도 속이 울렁거려서 토하게 된다. 그뿐인가, 화장실은 또 어떻고. 화장실이 어디 있냐고 아라에게 물었더니, 화단 구석에서 해결하면 된다고 한다. 그런데 으슥한 곳마다 다른 녀석들이 볼일을 봐 둔 흔적이 역력하다. 맞은 데 또 맞으면 아픈 것처럼, 싼 데 또 싸면 더럽다. 공중 화장실 부족 문제는 그렇다 치자. 정신을 집중해서 큰일을 보는데 코앞에 와서 구경하는 놈들은 또 뭐야? 어떤 녀석은 볼일이 한창 진행되는 중에 "넌 냄새가 지독하다? 편식해서 그런 거 아냐? 얼른 덮어야지!" 하면서 화단 흙을 긁어모으기까지 한다. 조상님, 남의 발을 빌려서 모래까지 덮으려고 하면 안 된다면서요? 얘들은 왜 시키지도 않은 짓을 하냐고요. 저 이러다가 변비 걸리겠어요!

"냥 박사 너, 딸기잼 토스트 먹고 한방 치약으로 이 닦았지? 으, 이상한 맛 났을 것 같아."

고양이가 되니 냄새에도 민감해졌다. 이른 아침, 아파트 단지 안은 온갖 냄새로 넘쳐난다. 출근하거나 등교하는 사람들이 묻히고 나온 화장품과 비누, 치약, 향수 냄새가 진동한다. 얼마 전까지는 나도 저런 냄새를 풍기며 젖은 머리를 하고 교복에는 빵 부스러기나 두유를 묻힌 채 등교했을 것이다. 이제 나한테서는 다른 냄새가 난다. 햇볕 냄새, 바람 냄새, 꽃 냄새, 먼지와 흙 냄새, 차 밑을 들락거리다가 묻은 휘발유 냄새… 그런 길의 냄새가.

"길 생활의 어려움은 말로 표현할 수가 없으니 맛있는 사료와 따뜻한 잠자리나 내놓으라고요? 그럼요, 제공해 드려야죠. 앞으로 더욱더 정성을 다해 모실 것을 약속드

릴게요!"

 엉뚱한 전개와 비장한 다짐으로 인터뷰 끝. 겨리는 스마트폰 화면을 끄고는 허벅지에 팔꿈치를 올려 턱을 괴고 나를 본다.

 "너한테만 하는 말인데, 가끔 난 막 가슴이 답답해져서 소리를 지르고 싶고 그래. 어디 탁 트인 벌판에 가서 너희처럼 우다다 달리면 속이 시원해질 텐데. 내 마음속에 고양이가 있나 봐."

 나도 사람 시절에 겨리처럼 가슴이 답답했을까? 그래서 내 마음속 어딘가에 숨어 살던 고양이가 바깥으로 튀어나오기라도 했나? 노란 달을 올려다보며 냐아아악 외치고 싶어서? 비닐봉지를 뒤집어쓰고 미친 듯 달리고 싶어서? 학교도 안 가고, 양치질이나 다이어트도 관두고, 인간 노릇이라면 뭐든 다 집어치우고 싶어서?

 어쩌면 이 세상의 고양이와 사람이 모조리 뒤바뀌어서, 고양이는 사람이 되고 사람은 고양이가 된 것이 아닐까. 다들 바뀐 줄도 모르고 살아가는데 어쩐 일인지 나는 내 과거를 기억하는 거다.

 "넌 마음속에 고양이가 있구나. 난 사람이 있는데. 냥 박사, 정말 내가 누군지 모르겠어?"

 "이제 약속 시간 다 돼서 가 봐야 한다고? 그래, 나도 학원 갈 거야. 또 보자!"

고양이 속이 터져서 "냐훙!" 포효해 봤자 겨리는 "알았어, 알았다고" 하며 가방이나 챙길 뿐. 사람 말을 알아듣는다고 우기는 아라가 겨리한테 듣기 수업을 받은 게 아닐까 싶을 정도다. 겨리가 아라한테 말하기 수업을 받으면 아주 볼만하겠다.

겨리는 가방을 챙기느라 분주하게 굴더니, 벤치에 스마트폰을 놓고 간다. 난 알면서도 모르는 척 겨리를 보냈다. 알려 줘 봤자 못 알아들었을 테니 내 잘못 아님. 벤치에 올라가서 주변을 둘러본 다음, 스마트폰 화면에 평소에 유심히 봐 둔 암호 패턴을 그린다. 손이 없어서 냥 발바닥으로 하려니 오류가 난다. 이게 뭐라고, 긴장감으로 발바닥에서 배어 나오는 땀. 네 번 만에야 성공.

겨리는 내 친구니까 나에 관한 정보가 스마트폰 안에 있을 것이다. 사진첩이나 메시지함, 채팅 앱 등등에. 내 이름이나 얼굴을 보면 단번에 얘가 나라는 걸 알아차리고 말리라는 극적 예감에 꼬리털이 너구리처럼 부푼다. 그런데 역시나, 현실은 쥐구멍이다. 분홍 발바닥으로 휴대폰을 다루려니 서툴러서 이리저리 눌리고 찍히고 난리다. 겨리가 마지막으로 사용한 카메라 앱에서 나가질 못한다.

"아, 진짜! 이거 왜 안 되는 거야!"

이때, 저쪽에서 들려오는 발소리. 목숨만큼이나 소중한 스마트폰을 찾으러 달려오는 냥 박사다. 마지막의 마지막까지 최선을 다하다가 거리가 나타난 순간에야 나는 벤치에서 내려간다. 스마트폰을 물고 올걸, 후회해 봤자 늦었지.

건물 모퉁이를 돌아서 다른 동으로 가자 아라가 있다. 옆에 앉으니, 아라가 내 귀를 몇 번 핥아 준다.

"아라야. 넌 요즘 사는 게 어때?"

"사는 게 사는 거지, 어떻긴 뭐가 어때?"

"그냥, 고양이로 사는 게 어떤가 해서."

"그렇게 속 편한 소리나 할 때가 아니거든? 이제 곧 겨울이 올 거야. 너 겨울 안 겪어 봤니? 지난겨울에 얼마나 지독하게 추웠는지 벌써 다 잊었어?"

나는 새삼스레 고양이의 눈으로 사방을 둘러본다. 커다랗고 누렇게 보이던 세상도 어느새 눈에 익었다. 인간인 나로 살고 있는 고양이가 있다면, 꼬맹이가 정말 내 모습으로 살고 있다면, 내 눈은 그 아이에게 어떤 세상을 보여 주고 있을까.

"야, 오랑. 정신 차리라고 한 말이니까 너무 기죽진 말고. 겨울 생활은 내가 잘 아니까, 나 하는 대로 따라 하면 괜찮을 거야."

"응, 알았어."

"한숨 자고, 이따가 달 뜨면 여기서 다시 만나자."

인적이 드물고 달빛이 환한 밤이면 난 아라와 함께 아파트 단지 안을 우다다 뛰어다닌다. 사람들이 잠들면 세상은 비로소 고양이들에게 안전한 곳이 된다. 우리는 좁다란 담장 위에서 묘기도 부리고 나무도 타고 정자 지붕에도 올라가 바람 꽁무니를 붙잡는다. 그러면 가슴속에 웃음소리가 들어차고 뼈는 잎새처럼 가벼워진다. 겨리도 이 기분을 느끼면 좋을 텐데…. 하지만 고양이 박사로는 부족하고 고양이가 돼야 하니 어려울 듯.

난 어쩌다가 그 어렵다는 고양이가 된 것일까? 사람으로 돌아가려면 어떻게 해야 하는 거야.

문득 어떤 생각이 떠올라, 길 한중간에 멈춰 선다. 조상님은 이미 아는 것 속에 답이 있다고 했다. 내가 누구였는지 알려 줄 단서 말이다. 왜 겨리 생각을 못 했지? 인간 시절의 나를 아는 겨리, 내 모습을 한 그 누군가의 친구로 지내고 있을지도 모르는 겨리.

내가 찾는 답에 겨리가 실마리가 되어 줄지 알아봐야겠다.

## 내 이름은 오시아

 나는 지금, 잃어버린 나를 찾는다는 심대한 목표 아래 비밀스러운 임무를 수행 중이다. 간단히 말하자면, 겨리를 미행하고 있다는 얘기다.
 한 손에는 대형 약과, 한 손에는 스마트폰을 들고서 횡단보도 신호가 바뀌기를 기다리는 겨리. 그 몇 걸음 뒤에는 스마트폰 좀비나 전동 킥보드, 산책 중인 개나 자전거가 오지는 않는지 경계가 삼엄한 오랑 고양이. 개나리 아파트에서 얼마 떨어지지 않은 곳이지만 여기까지 오는 데도 마음의 준비와 결심을 여행 짐처럼 쌌다 풀었다 하며 고심이 많았다. 몇 번이나 심호흡을 하고 아파트 후문을 나설 때는 '안 돼! 집 밖은 위험해!'라고 외치는 아라의 잔소리를 환청으로 듣기까지 했다.
 겨리는 나 자신이 누구인지 찾는 단서이자 실마리다.

겨리가 다니는 학교에 가면 그 학교에 다니는 나 자신과 만날지도 모른다. 그리하여 오랑은 양지바른 화단에서 잠이나 자기에 딱 좋은 이 쾌청한 가을 아침, 등교하는 겨리의 뒤를 밟기에 이른 것이다.

횡단보도를 건너자 골목길로 접어든다. 겨리와는 일정한 거리를 유지하며 전봇대나 주차된 차 뒤쪽으로 몸을 숨기고 걷는다. 그나마 버스나 지하철을 타지 않고 걸어가니 다행이다. 안 그랬다면 겨리 가방에 숨어들어 무임승차라도 할 뻔.

5분쯤 걷는 동안 나는 차에 100만 번 치일 뻔하고, 10만 명의 스마트폰 좀비가 내 꼬리를 밟고 지나갔으며, 이 아침부터 누가 뭘 그렇게 시켜 먹는지 배달 오토바이가 경적을 울려 댔다. 이 모든 고난을 겨리 몰래 조용히 당하느라 더 힘들었다. 우리 동네에서는 좀처럼 보기 힘든 스케이트보드까지 피하고 나자, 이렇게까지 해서 나 자신을 찾아야 하는지 회의감이 밀려든다. 하지만 내가 누구인지 알아보는 임무를 더는 미루기 어렵다. 앞으로 날이 점점 더 추워질 텐데 하루라도 빨리 나 자신을 찾아야 따뜻한 집으로 돌아가는 방법도 찾든 말든 하지. 개나리 아파트 말고, 진짜 우리 집 말이다.

하수구에서 조그만 머리가 쏙 올라온다 싶었는데, 아

담한 쥐 선생과 눈이 마주친다. 쥐가 깜짝 놀라 하수구로 들어가고 나서야 나도 뒤늦게 기겁한다. 쥐 선생이 아니라 냥 박사 때문이다. 겨리가 없다! 잠깐 한눈판 사이에 사라졌다!

의도치 않은 지점에서 쓰러지는 도미노처럼 우왕좌왕하는 정신을 부여잡고 '진정해' '침착하게 행동해'를 되뇌자 콧구멍이 씰룩이며 작동한다. 저 먼 곳에서 익숙한 냄새가 난다. 딸기잼과 한방 치약이 섞인 냄새, 거기에 약과 추가. 냄새의 조합을 따라 골목길을 누빈 끝에, 약과를 먹으며 걸어가는 겨리를 발견한다. 해냈구나. 장하다, 오랑!

얼마 뒤, 내 눈에도 보일 만큼 큼지막한 글씨로 '새별중학교'라 써 붙인 학교가 나온다.

그렇지, 새별중! 정답을 확인하고 나서야 풀리는 문제처럼, 내가 새별중 1학년이었다는 기억이 되살아난다. 흥분과 기대로 커지는 눈. 1학년 몇 반이었지? 1반? 2반? 3반? 4반? 겨리를 따라가면 되지 뭐가 문제야. 이제껏 떠오른 기억을 퍼즐 조각처럼 모아 종합해 보면, 겨리는 나와 같은 반에다가 짝이었을 확률이 높다.

그런데 겨리가 또 사라졌다. 고양이도 아니면서 어딜 그렇게 뽈뽈 돌아다니냐고, 냥 박사! 코를 벌름거리며 냄새를 추적해 보지만 온갖 음식과 치약에 화장품, 향수, 샴푸, 섬유 유연제 냄새가 소용돌이치며 훼방을 놓는 통에 수색 실패. 중학생 수십, 수백 명이 뿜는 각양각색의 냄새에 후각 세포가 마비돼 콧구멍이 폐업을 선언한다. 이렇게 된 거, 반마다 들어가 보는 수밖에. 여기까지 왔으니 잃어버린 나의 그림자라도 구경하고 가야지.

애들 틈에 섞여 학교 안으로 들어는 왔는데, 건물 구조가 기억나지 않는다.

"저기, 1학년 교실은 어디 있어?"

지나가는 아무나 붙잡고 물어본다. 물어보고 나서야 나는 현재 누가 봐도 고양이라는 것, 내가 무슨 말을 하든 애네들 귀에는 '야옹'이나 '냥냥'이나 '냐냐'로 들린다는 것, 사람들 주의를 끌어서 좋을 일이 없다는 것… 등등이 떠오른다. 사람 근처를 알짱거리다가 동물 보호소에 끌려간 고양이들 얘기를 아라한테 귀에 딱지가 앉도록 들었는데 이런 실수를 저지르다니.

"얘 좀 봐. 고양이잖아!"

아니나 다를까, 귀찮아졌다. 애들 몇 명이 나를 둘러싼다. '손대지 말고 눈으로만 보세요'라는 표정으로 잽싸게 자리를 피한 다음 정면에 보이는 건물로 들어간다. 구조 같은 건 모르겠고, 대충 여기서부터 시작해 보자. 기다란 복도를 따라 늘어선 교실 중에 첫 번째 문으로 들어간다.

"어? 고양이?"

10초도 안 돼 아이들의 관심이 쏟아진다. 대낮에 교실을 기웃거리는 고양이라니 눈에 띄지 않기도 어렵다.

"어떡해, 진짜 귀엽다!"

"난 고양이 무서운데…."

고양이는 무섭지 않으며 귀여울 뿐이라는 사실을 증명해 봐? 찰나의 순간쯤 고민했지만, 때가 때인지라 옆 반으로 물러난다. 눈이 나빠서 애들 얼굴이 정확히 보이지는 않는다. 책상에 올라가 한 명씩 얼굴을 들여다보며 '네가 나니?' 하고 물어봐야 할 판이다. 이래 가지고 비밀 작전은 글렀다. 방송실에 가서 '개나리 아파트에서 온 사람 고양이 오랑이 자기 자신을 찾는다고 합니다. 오랑과 몸이 바뀐 고양이사람은 방송실로 와 주세요!' 하고 안내 방송이라도 부탁해야 하나.

두 번째 반에서도 몰려드는 아이들을 피해 달아난 나는, 복도 한중간에서 겨리와 마주치고 만다.

"너! 뭐, 뭐야! 여길 어떻게 왔어?"

놀라서 말까지 더듬는 겨리. 찾을 때는 안 나오더니. 충격으로 가득한 얼굴을 보니 냥 박사 애, 당장이라도 날 책가방에 쑤셔 넣어 개나리 아파트에 데려다 놓을 것 같다. 차 피하고 쥐 피해서 겨우 왔는데 그렇게는 안 되지.

"왜 그래, 냥 박사? 아는 고양이야?"

"우리 아파트에 사는 길냥이야. 여길 어떻게 왔지?"

"너 따라왔나 보네. 완전 귀엽다. 한 번만 만져 보게 해 주면 안 돼?"

"손 타는 애가 아니라서 나도 못 만져 봤어."

나한테 물어보지도 않고 자기들끼리 된다, 안 된다, 웃긴 녀석들이네. 나는 방해꾼들을 따돌리기로 하고 다리 사이로 빈틈을 찾아 빠져나간다. '오랑은 비록 초보지만 멋진 고양이였다'라고 『세계 고양이 실록』의 '사람고양이' 편에 기록될 만한 순발력과 판단력이 아닌가? 그러나 아침부터 흥미로운 사건을 맞이한 애들도 만만치 않아서, "저기로 간다!" 하며 내 꽁무니에 따라붙는다. 그중에는 물론 겨리도 있다. 복도 끝에 이르자 나를 뒤따르는 애들은 두세 배로 불어난다. 이건 뭐, 조상님 만나러 가는 고양이 행렬도 아니고. '사람고양이로 살아가는 방법' 강연이라도 해 주고 싶지만 시간이 없어서 생략.

기다란 인간 꼬리를 어떻게 떼어 낼까 고민하는데, 화장실에서 나오는 여자애 뒷모습이 보인다. 어쩐지 익숙한 느낌인데…?

"잠깐만! 너, 내가 누군지 모르겠어?"

내 말에 멈칫하더니 슬쩍 돌아보는 여자아이. 얼굴이 보일까 말까 하는데, 여자아이는 머리카락이 허공을 베도록 세차게 고개를 돌리더니 뛰어간다. 뜻밖의 상황에 멍하니 서 있던 나도 정신을 차리고 여자아이를 따라 달린다. 나는 여자애를 쫓고, 애들은 나를 쫓고. 복도는 길고 꼬불꼬불하며, 모퉁이가 많기도 많다. 여자아이는 사람을 피해 안전한 곳으로 숨어드는 고양이처럼 도망친다. 나는 잃어버린 나 자신이 아니라 잃어버린 고양이를 찾으려는 사람처럼 여자아이를 따라가며 소리친다.

"잠깐만 멈춰 봐! 나랑 얘기 좀 하자고. 야! 오…!"

저 아이 이름이 기억나려 한다. 오, 오… 오랑? 그건 지금 내 이름이고!

"오, 오시아!"

기억났다! 시아, 오시아!

내 이름은 오시아(였)다. 저 애다. 저 애가 바로 예전의 나, 내 모습으로 살아가는 지금의 오시아다. 정말 또 다른 내가 나인 척 학교를 다니고 있었어!

오시아가 계단을 내려가더니 계단 밑 창고로 들어간다. 오, 걸려들었어! 나는 쾌재를 부르며 창고로 따라 들어간다. 어두운 안쪽에서 바스락거리는 소리가 들려서 그쪽으로 달려가는 사이, 쾅 닫히는 문. 걸려든 쪽은 오시아가 아니라 나였다.

"너 지금 날 가둔 거야? 이런다고 문제가 해결될 것 같아? 어떻게 이럴 수가 있어! 나는 너야. 너는 나라고!"

억울한 오랑이 냐옹냐옹 소리를 지르거나 말거나, 고양이처럼 발소리도 없이 사라지는 오시아.

여기는 청소 도구가 나뒹구는 지저분한 창고다. 오시아가 하나뿐인 출입문을 닫아걸고 사라졌다. 먼지 수북한 창문은 후삼국 시절 이후로 쭉 잠겨 있지 않았을까 싶다.

나는 배신감과 절망감에 휩싸인 채로 목 놓아 오시아만 불러 댄다. 난 여기서 날벌레나 몇 마리 잡아먹다가 굶어 죽을 거야. 겨울이 와서 얼어 죽기 전에 목이 말라 죽겠지. 5만 번쯤 소리쳐 울었더니 끼익, 열리는 문.

"오시아? 너야?"

그러나 창고로 들어온 사람은, 축구공을 옆구리에 낀 남자애다. 나를 쫓는 행렬에 있었나 본데 용케도 찾아왔네. 얘도 아는 애다. 꽥인지 쫙인지 그런 별명이었는데 이름은 기억이 안 나고, 문은 왜 또 닫는 거야.

"왜 학교에 들어와서 시끄럽게 울어? 너 자꾸 그러면 잡아가라고 신고한다!"

남자애의 말에 몸이 얼어붙는다. 악명 높은 동물 보호소, 아라가 겁준 그 무시무시한 곳에 잡혀가게 된다고?

그것도 그냥 고양이가 아니라 사람고양이인 내가?

남자애가 다가오고, 나는 뒷걸음친다. 아는 사이에 왜 이래. 야, 나 이래 봬도 사람이야. 오시아라고!

"길냥이가 귀엽긴 뭐가 귀엽다고 난리들이야."

나를 가만히 바라보던 남자애가 중얼거린 말이다. 그러더니 바닥에서 기다란 빗자루를 집어 들고 한 걸음, 두 걸음, 거리를 좁혀 온다. 다들 귀엽다며 한눈에 반한 이 고양이를 때, 때리기라도 할 셈이냐! 이에 대답하듯 빗자루가 내 쪽으로 날아든다. 빛의 속도로 눈을 질끈 감았는데 머리 위를 지나쳐 창문 쪽으로 휙, 날아가는 빗자루.

남자애가 엉덩이를 쭉 빼고는 빗자루 끝으로 창문 잠금장치를 쳐서 푼다. 뭐야, 얘? 날 무서워하고 있잖아?

"시끄럽게 굴지 말고 얼른 나가."

상황을 파악한 나는 창틀로 뛰어올라 바깥을 내다본다. 99층쯤 되는 줄 알았는데 에계, 1층이다. 나 자신과 마주치고 이름도 기억났으니 이제 개나리 아파트로 돌아가자. 학교에서 버티다가 정말 동물 보호소에라도 잡혀가면 큰일이니까.

창문에서 뛰어내려 화단으로 착지한다. 뒷문으로 학교를 빠져나가 한숨 돌리는가 싶었는데, 으르렁거리는 소리와 함께 웬 개가 달려든다! 일찍이 장수 할배가 경고한 그놈이 분명하다.

놈이 내 뒷다리를 문다. 몸을 일으키며 필사적으로 놈의 얼굴을 할퀴는 나. 이마를 긁힌 개가 깨갱거리며 주춤하는 틈을 타서 사력을 다해 도망친다. 개나리 아파트를 향해, 피를 흘리면서.

## 눈물을 흘린다는 게 이런 느낌이구나

-시아의 이야기

　어떤 부부가 담요로 덮은 통덫을 들고 차로 걸어간다. 그 안에는 사랑이와 단 하나 남은 사랑이의 새끼가 있다. 땅콩 꼬투리처럼 위아래로 올록볼록, 조그만 녀석이 어미 품으로 파고든다. 고단한 길 위에서 새끼를 낳아 키우는 일에 지치고 병든 사랑이가, 메마른 몸으로 새끼를 품어 준다. 부부가 조심하려 애써도 통덫은 흔들렸지만 사랑이의 눈빛은 요동치지 않는다.
　담요 자락 틈새로 사랑이를 지켜보는 아이가 있다.
　후드 집업의 모자를 눌러쓴 시아다. 시아는 남몰래, 특히 겨리 몰래, 사실은 꼬맹이 몰래 꼬맹이를 보려고 이곳 개나리 아파트까지 왔다. 그런데 통덫으로 구조된 두 고양이를 먼저 보게 됐다. 쇠집이란 말이 떠오른다. 맞아, 동네의 구역마다 돌아다니는 나이 든 고양이가 그랬지.

길에서 더는 버티지 못할 상황이 되면 쇠집에 들어가라고. 인간을 집사로 부리며 안전하고 심심하게 사는 방법도 있다고 말이다.

부부가 차에 통덫을 싣기 전, 사랑이와 시아의 눈이 마주친다. 시아 안의 고양이가 사랑이를 알아본다.

"어, 엄마…? 엄마!"

자기도 모르게 나온 말이다. 한 발을 내디디며, 한 손을 뻗으며.

차 문이 닫히고, 차가 출발한다. 통덫에서 담요가 벗겨지는 모습이 멀어지는 차 뒷유리창으로 보인다. 시아는 내민 손을 주먹 쥐었다가, 이내 늘어뜨린다. 저마다 걸어가야 할 삶이 있다는 걸 시아도 이제는 안다. 몸 건강히 지내야 돼요. 다시 보지 못할 엄마에게 작별 인사를 건네고는 주먹 쥔 손으로 눈물을 훔친다. 눈물을 흘린다는 게 이런 느낌이구나.

그런 시아를 지켜보는 고양이가 있다. 또랑또랑한 눈에 의심과 호기심이 가득한 삼색이다. 벤치 옆에 앉아 세수하는 척, 시아를 곁눈질한다.

시아도 삼색이의 시선을 알아차리고는 좁은 길을 건너 그쪽으로 다가간다. 삼색이는 낯선 인간과 자신 사이의 거리를 가늠하고는 세수를 계속한다. 시아는 목을 가

다듬고 "야옹" "냐" "냐아—" 하는 식으로 대화를 시도한다. 너 나랑 예전에 본 적 있지 않니, 낯이 익어서 말이야, 하는 뜻을 전하려고 애쓰면서. 하지만 삼색이는 목구멍이 들여다보이도록 입을 벌려 하품하더니 뒷다리를 들고 털을 고른다. 이쯤은 고양이 말을 못 해도 알아들을 만하다. 어쨌든 해석하자면, 관심 없으니까 네 갈 길이나 가시지!

"방해해서 미안…."

민망해진 시아는 중얼거리고서 자리를 옮긴다.

꼬맹이가 자주 보인다던 5동 화단에도 꼬맹이는 없다. 꼬맹이가 개한테 물렸다는 얘기를 겨리에게 듣고 망설이다가 이곳으로 왔다. 꼬맹이 상태가 어떤지 두 눈으로 확인하고 싶었는데, 녀석이 보이지 않는다.

쾅! 마음속에서 심장 떨어지는 소리가 난다. 꼬맹이가 학교로 찾아왔을 때 시아가 닫은 창고 문처럼, 쾅! 자신의 모습으로 살아가고 있는 꼬맹이와 정면으로 마주쳤다가는 몸이 다시 바뀔지도 모른다는 불안감에 충동적으로 한 일이었다. 1교시가 끝나고 쉬는 시간에 창고로 가 봤지만 꼬맹이는 없었고, 열린 창문으로 찬바람만 불어 들어올 뿐이었다. 낙엽과 먼지가 휘도는 창고에서 시아의 마음은 끝나지 않는 복도처럼 휑하기만 했다.

그날 이후로 떠오른 기억이 있다. 둘에게 이상한 사건이 생기기 전, 시아가 시아이고 꼬맹이가 꼬맹이였던 어느 날, 시아는 꼬맹이에게 연어 통조림을 주고는 그 앞에 쪼그리고 앉아 떠들었다.

'오늘 날씨 좋지? 이런 날엔 높은 데 올라가서 하늘을 올려다보고 싶어.'

'넌 학교 안 다녀서 좋겠다. 난 공부 체질이 아니야.'

'아무도 날 이해 못 하는 거 같아. 사실은 나도 날 잘 모르겠어.'

'하루하루가 너무 똑같지 않니? 나한테 깜짝 놀랄 일이 일어나면 좋을 텐데!'

그리고 정말이지 놀라운 사건이 일어났다. 사람은 고양이가 되고 고양이는 사람이 되는 사건이. 원래대로 돌아가야 하나? 하지만 어떻게? 시아는 자기 자리가 어디인지 도통 알 수가 없다. 자신이 어떻게 인간이 됐는지 모르듯, 고양이로 돌아갈 방법도 모른다.

꼬맹이가 올겨울을 무사히 날 수 있을까? 그건 네 마음이 아니라 내 마음이지, 대꾸하듯 찬바람이 불어온다. 시아는 겉옷 지퍼를 채우고 몸을 옹송그린다. 살을 에는 추위와 발바닥이 델 듯 타오르는 더위를 더는 겪고 싶지 않다. 조금만 방심하면 달려드는 자동차와 끈질긴 모기,

시끄러운 세상과 매캐한 공기, 툭하면 찾아오는 감기와 배탈…. 길은 자유롭지도 낭만적이지도 않았다. 길에서 보내는 하루하루는 아슬아슬하고 조마조마하다. 고양이 시절의 기억을 많이 잃었는데도 그 가슴 서늘한 느낌만큼은 털에 아로새겨진 무늬처럼 선명하다. 시아는 이제, 인간의 집에서 살아간다. 깨끗한 물과 맛있고 영양가 풍부한 음식, 뭉게구름처럼 황홀한 이불이 있는 곳에서.

아파트 단지를 벗어나 큰길로 나오자 반려동물 용품점이 있다. 가게에 들어가 연어 통조림을 하나 고른다. 내일 겨리에게 이걸 전해 주면 마음이 깃털만큼이라도 가벼워지려나. 입맛이 여전하다면 꼬맹이가 좋아할 음식인데.

가게를 나서자, 한 사람이 초조한 표정으로 전봇대에 전단지를 붙이고 있다.

### 고양이를 찾습니다!

**이름** : 아라
**특징** : 삼색이, 현재 세 살
**실종 시기** : 2년 전 12월,
자목련 공원 부근에 유기됨.

— 제가 고양이 키우는 걸 싫어하던 부모님이 저 없는 집에 찾아와서, 아라를 유기했습니다.
— 현관문을 잠깐 열어 놓은 사이 아라가 집을 나갔다는 얘기를 믿고 집과 동네 주변을 찾아 다녔는데, 얼마 전에야 진실을 알게 됐습니다. 아라는 제가 자기를 버린 줄 알고 원망하고 있을 거예요ㅜㅜ
— 위와 같은 사연으로 2년이라는 긴 시간을 낭비했습니다. 이번에는 아라를 꼭 찾고 싶습니다. 우리 아라를 발견하신 분은 아래 번호로 연락 주시면 사례하겠습니다.

전단지 사진 속에 아는 얼굴이 있다. 조금 전 개나리 아파트에서 마주친 그 삼색이. 사진보다 마르고 눈빛이 깊어졌지만 같은 고양이가 분명하다.

시아는 스마트폰에 고양이 귀 모양을 그려 잠금을 푼다. 그리고 전단지에 적힌 번호로 문자 메시지를 보낸다. 누군가의 마음이든 조금이라도 가벼워지기를 바라면서. 어차피 선택은 고양이 스스로 할 테니까.

## 고양이는 짐작보다
## 훨씬 더 많은 것을 알고 있다

"오랑 너, 죽었다면서?"

"…?"

"개한테 물려서 죽었다던데? 소문이 그래."

"…!"

죽었다고 보기엔 떠돌이 개한테 물린 뒷다리 통증이 너무 사실적이다. 그렇다고 꿈이라기엔 눈앞에서 고개를 갸우뚱거리는 아라가 너무 현실적이고. 이도 저도 못 하고 갈팡질팡하다가, 기절하듯 잠드는 나.

'너, 나하고 바꿀래?'

어디선가 들려오는 목소리. 어디인가 했더니, 꿈속이다. 내가 꼬맹이에게 연어 통조림을 주며 말한다. 그 입 다물어! 나는 꿈속에서 고함친다. 뒷일을 책임질 것도 아니면서 너랑 나랑 바꾸자는 둥 입방정 떨지 마!

꿈에서 깨어난다.

캄캄한 지하실 앞. 말라비틀어진 나뭇잎처럼 혀가 바싹바싹 타들어 간다. 물을 마시러 가고 싶어도 침 삼킬 기운조차 바닥났다. 퉁퉁 부어오른 오른쪽 뒷다리가 칼로 저미듯 쑤신다. 이 정도면 죽어서 고양이 전용 지옥에라도 떨어진 게 아닌가 싶다. 콱 물리기는 했어도 끝에 가서는 이빨이 빗나가는 느낌이었는데 이렇게까지 아플 건 뭐야.

다친 그날, 나는 개나리 아파트로 도망쳐 오자마자 이곳으로 내려왔다. 고양이의 본능이 그렇게 시켰다. 길냥이에게 상처란 약점이고 허점이라고, 드러내어 티 내지 말라고. 그러고서 시간이 얼마나 지났을까. 하루? 이틀? 영원?

지저분한 매트에 웅크린 채 상처를 핥는다. 따갑고 욱신거려도 이 방법뿐이다. 목에서 울리는 골골 소리. 보통은 기분 좋을 때 나는 소리지만 이 경우는 다르다. 내 몸이 나를 달래서 진정시키고 싶은 모양이다.

다리를 핥다 보니 몸 곳곳에 남은 흉터가 새삼스레 눈에 들어온다. 이런저런 이유로 다친 꼬맹이가 홀로 숨어 상처를 핥는 기억…. 아픈 길고양이에게 치료제란 까슬까슬한 혀와 골골 울리는 소리뿐이다.

"엄마, 여기예요, 여기! 어떡해, 다쳤나 봐요."

겨리 목소리다. 맞아, 냥 박사. 나 많이 아파.

"아이고, 이빨 자국 봐. 떠돌이 개가 돌아다닌다더니…."

겨리 엄마는 혀를 차고, 겨리는 울상이 돼 발을 구른다. 여기까지 확인하고 다시 잠드는 나. 뒷다리 상처에 차가운 액체가 스며들자 "카악!" 비명을 내지르며 깨어난다. 뭐 하는 거야! 아프다고!

"미안, 미안. 이제 다 됐어. 소독을 해야 덧나질 않지."

소독약이구나, 난 또. 기습 공격을 당한 고양이한테 기습 치료라니. 예고라도 해 줬으면 덜 놀랐지.

"그래서 삼색이가 계단 앞에 앉아 있었나 봐요. 내려가서 애 좀 돌봐 주라고."

삼색이라면 혹시, 아라?

"어릴 적에 그림책을 많이 봐서 그런가, 우리 양겨리는 참 상상력도 풍부해. 고양이들이 그런 걸 어떻게 알겠니. 오늘따라 거기 있고 싶었나 보지."

"느낌이 평소랑은 달랐다고요."

"그나저나 쓴 약이라는데 순순히 먹어 주려나 모르겠네, 입맛도 까다로운 녀석이. 약부터 먹여 보고 상황 봐서 병원에 데려가야지."

겨리가 스마트폰 손전등으로 어둠을 밝히는 동안, 겨리 엄마는 묽은 닭고기 간식에 약을 타서 섞는다. 내가 다 보는 앞에서 열심히 쓴맛을 은폐하는 중. 사람들은 고양이가 아무것도 모르고 잠이나 자고 나비나 쫓는 줄 아는데, 천만의 말씀이다. 당신 옆의 그 고양이는 짐작보다 훨씬 더 많은 것을 알고 있답니다.

병실이 된 침실에 밥상이 차려진다. 나는 고개만 들고 물로 목부터 축인다. 갈증을 해소하자 저 밑으로 눌러 둔 배고픔이 떠올라, 약을 탄 간식도 맛본다. 내가 놀랄까 봐 티도 못 내고, 말없이 얼굴 근육만 움찔거리며 기뻐하는 겨리. 나도 사람이지만 하여간 인간들이란, 세상 복잡한 척은 혼자 다 하면서 알고 보면 단당류처럼 단순하다니까.

간식 사이에 숨은 쓴 약이 혀에 닿는다. 고양이의 본능이 뱉어 내려 하는 고기를 사람고양이 오랑은 꾸역꾸역 삼킨다. 먹어야 돼. 먹어야 살고, 먹어야 낫지. 개한테 물려서 죽었다는 뜬소문이 사실이 되게 하지는 말자.

"이따가 또 올 테니까 어디 가지 말고, 푹 쉬고 있어."

겨리 모녀가 1층으로 올라가자 나는 몸을 뒤척여 자세를 바꾼다. 이렇게 해도 불편하고 저렇게 해도 아파서 끙끙대는데, 묘한 기운에 눈을 돌리니 난간 손잡이에 도사리고 앉은 아라.

"깜짝이야! 거기서 뭐 해?"

"죽었나 살았나 보고 있었지. 안 죽고 살아났구나, 오랑."

"죽긴 내가 왜 죽어."

"그치, 개한테 물려서 죽기엔 억울하지. 기껏해야 뭐 죽도록 아플 뿐이지. 바깥 구경 해 보니까 어때? 엄청나게 평화롭고 안전하고 그렇지? 또 나가고 싶어 죽겠지?"

"너무 그러지 마. 꼭 나가야 할 이유가 있었다고."

"이유? 무슨 이유?"

"난 집으로 돌아가야 한단 말이야."

"여기가 우리 집이야. 너도 그렇고, 나도 그렇고. 여기서 사는 것도 그리 나쁘지 않다고 떠들더니 그새 맘이 변한 거야?"

"그런 게 아니라…."

아라한테 어떻게 설명해야 할까. 사람고양이 오랑, 오시아는 집으로 돌아가고 '싫고' 말고를 떠나, 돌아가야 '한다'는 것을, 인간의 본능이 그렇게 시킨다는 것을.

"됐으니까 몸조리나 잘해."

계단을 오르던 아라가 중간쯤에서 멈추더니 "아 참" 하고 말을 잇는다.

"너 아픈 사이 사랑이 아줌마, 쇠집에 들어갔어. 이번에 태어난 아이들이 다 잘못되고 딱 하나만 남아서 그런지 맘이 약해졌나 봐. 인간을 믿어 봤자 배신이나 당할 텐데…."

아라가 떠나자, 좁고 어두운 공간에 귀뚜라미 울음소리가 들어와 고인다. 나인 척 살고 있는 오시아, 그 애의 얼굴을 보지 못했다. 새별중으로 가서 오시아를 다시 만나야 한다. 내가 살던 집이 어디인지 모르니 걔를 만날 곳은 학교뿐이다. 하지만 이런 몸으로 새별중까지 간다고? 닭고기 사료가 꼬끼오 울며 알을 낳고 연어 통조림이 강을 거슬러 헤엄치고 말지.

한시라도 빨리 회복해서 오시아와 담판을 지으러 가야겠다. 건강해지려면 잘 먹어야 한다. 매트 앞에 놓인 사료 그릇에 앞발을 걸어 끌어당긴다. 몇 입 먹지도 않았는데 동나는 사료. 냥 박사, 일 이런 식으로 할래? 급식소로 가서 더 먹어야겠다. 약 기운이 퍼져서인지 덜 아프다. 뻐근한 다리를 천천히 움직여 본다.

급식소로 가자 인기 메뉴인 닭고기 사료는 동났고, 연어 사료만 남았다. 생선 냄새가 코를 찌르는 사료를 대강 씹어서 삼키는데, 누군가가 뒤통수를 후려친다. 돌아보니 그럼 그렇지, 차차다.

"야, 꼬마! 누가 내 밥 먹으래?"

"다 같이 먹는 밥에 누가 내 거, 네 거 따져?"

"내가 따진다, 왜! 난 너랑은 같이 먹기 싫으니까 꺼져."

차차가 내 뒷다리를 보면서 건들거린다. 내가 다친 걸 알고 일부러 더 저런다. 어디나 이런 애들이 있다니까. 전형적인 강약약강. 나는 다른 급식소에 가기로 하고 물러난다. 대장도 없고, 아라도 없고, 몸은 엉망이고, 이런 상태로 차차와 싸워 봤자 나만 손해다. 차차는 신이 나서 화단으로 달려가더니 바닥에 드러누워 뒹굴뒹굴한다. 흑설탕이 가득한 쟁반을 구르는 핫도그가 따로 없다. 저 두툼한 앞발로 얻어맞은 뒤통수가 따끔거린다. 같은 구역 고양이끼리 발톱을 세우고 찍다니, 치사한 놈.

군자의 복수는 10년이 걸려도 늦지 않는다지만 군묘의 복수는 10분이 걸려도 이르지 않은 법. 다른 급식소로 가는 길목에 차차의 최애 장소가 있다. 나는 차차가 사랑해 마지않는 차 밑으로 들어간다. 그러고는 지난달에 먹은 사료 힘까지 끌어모아 푸짐한 똥을 싼다, 뿡야! 자연의 향기를 맡으며 꿀잠 주무시죠, 핫도그 차차 씨.

속 시원한 복수를 마치고 제2 급식소로 가니 으슥한 구석에 통덫이 있다. 천을 덮어서 제 딴에는 정체를 숨기려 애쓴 쇠집 주변을 겨자가 기웃거린다. 또 비닐봉지 손잡이에 머리를 끼우고 놀았는지, 목덜미에 비닐 조각이 붙어 있다.

"뭐 해? 쇠집에 들어가려고?"

"오랑이 왔구나. 쇠집에 들어가려는 건 아니고, 맛있는 냄새가 나서."

기름진 고기에 진한 국물 냄새가 진동한다. 아플 때는 저런 보양식을 먹어 줘야 낫는데, 싶어서 나까지 군침이 돈다. 통덫 안을 들여다보니 밟으면 문이 내려오는 판 바로 뒤에 그릇이 놓여 있다. 겨리 엄마인지 다른 캣맘인지는 몰라도 위치 선정이 세심하지 못하군. 저 정도면 누름판을 밟지 않고도 그릇을 빼내겠는데?

"내가 고기만 뺄 테니까 있어 봐. 반씩 나눠 먹자."

"조심해, 오랑! 그러다가 갇히는 애들 많단 말이야. 저번에 내 친구만 해도 참치만 빼 먹으려다가…."

"걱정 마, 난 안 그래."

이야기보따리를 펼치려 드는 겨자의 말허리를 끊는다. 보통 고양이라면 몰라도 내가 통덫 따위에 갇힐 리 없다. 이 통덫을 고안해서 제작한 인류의 일원이자 사람고양이인 오랑은 그런 어이없는 실수를 용납하지 않는다.

자, 시작해 볼까? 통덫 안으로 조심스레 몸을 밀어 넣고 그릇 쪽으로 고개를 뺀다. 조금만 더 하면 그릇이 입에 닿을 것 같다. 반걸음도 많아서 반의반 걸음 앞으로 간다.

철컥! 통덫 문이 내려온다.

"오랑! 조심하랬잖아!"

겨자가 소리를 지른다.

실수를 용납하지 않는 사람고양이 오랑은 어리석게도, 쇠집에 갇히고 말았다.

# 그 순간, 모든 것이 기억나고

나는 집에 있다. 겨리네 집. 개나리 아파트, 몇 동인지는 모르겠고 엘리베이터로 한참 올라왔으니 거의 꼭대기 층? 확실한 숫자가 하나 있다. 5, 다섯. 이 집에 사는 고양이가 다섯이다.

"미쳤어! 크지도 않은 집에 고양이 여섯이 말이 돼?"

아, 나도 고양이지. 나까지 여섯.

"다섯이나 여섯이나. 너 들어올 때부터 어차피 말은 안 됐거든?"

"그러는 넌? 너 들어오면서 넷이 된 거잖아. 그래도 셋까지는 우아한 느낌이 약간이나마 있었는데 넷부터는 아주 냥판이야. 글러 먹었다고."

"우아함이 다 쥐 잡으러 갔나 보다. 우아함 찾으려면 똥꼬부터 제대로 닦아. 여기저기 묻히고 다니지 말고."

"그건 큰 집사한테 따져. 나한테 안 맞는 밥을 줘서 똥이 무른 거니까."

"다들 조용히 해! 정신 사나워! 내가 이래서 고양이를 싫어한다니까? 이놈의 집사들 진짜, 덮어놓고 저지르기부터 하고. 고양이 키우는 거 싫다고 그렇게 항의를 했는데도!"

"그러는 넌 뭐, 고양이 아니냐? 그리고 우리를 돌보는 게 너야? 집사들이잖아."

"나도 말할 자격 있어. 너희 때문에 정신적 피해가 장난 아니니까."

고양이 다섯이 방문 앞에 둘러앉아서 한마디씩 주고받는데, 듣는 나는 머리가 어질어질하다. 고등어 무늬가 둘, 젖소 무늬가 둘, 삼색이 하나. 이름을 알아볼 의지도 없고, 앉은 순서대로 1번부터 5번까지 번호를 매기자.

"쟤, 꼬리 움찔거리지 않았어?"

"귀도 쫑긋거렸어. 깬 거 같은데?"

"야, 신입! 듣고 있는 거 아니까 잘 들어. 우리 집 고양이라면 따라야 할 규칙이 있어. 첫째, 새로 들어온 고양이는 이 방에서 3주를 묵은 다음 밖으로 나온다. 둘째, 들어온 순서대로 서열이 정해지니까 까불지 않는다. 셋째…."

나는 꼬리와 귀를 움직이지 않고 최대한 조용히 한숨

을 내쉰다. 냥 박사가 마련해 준 방석에 누운 채 발코니로 통하는 유리문을 바라보면서. 다리에 붕대를 감고 목에는 플라스틱 칼라를 끼운 내 모습이 유리에 비친다. 안 그래도 갑갑한 상황, 이 거추장스러운 깔때기 때문에 더 답답하다. 그냥 놔둬도 붕대를 뜯지 않는다고, 한번 믿고 맡겨 보시라고 야옹거렸지만 수의사는 "우리 애기 착하지?" 하며 넥 칼라를 채웠다. 수의사든 고양이 박사든, 고양이 언어 자격 시험을 필수적으로 통과해야 한다는 법이라도 만들어야 한다.

그나저나 이 방에서만 3주라고? 쑥과 마늘만 먹고 사는 웅묘도 아니고, 3주를 버텨서 다시 사람이 된다면 몰라도 내가 왜? 통덫에 갇혀서 병원에 입원했다가 이 집에 여섯 번째 고양이로 오기까지 1000년은 흐른 기분이다.

급식소에 통덫을 설치한 사람은 겨리 엄마였다. 통덫 안에 웅크린 나를 보자 "어머, 네가 들어갔니?" 하며 당황스러워했지만 "너도 뭐, 치료를 받긴 해야 하니까"라며 태도를 바꿨다. 다리 상처가 심하다는 수의사의 진단에 아주머니는 나를 입원시켰고, 일주일 뒤에는 이동장에 넣어서 데리고 나왔다. 5동 앞으로 돌아가는 줄 알았지만 내가 온 곳은 냥판이 벌어진 냥 박사네 집.

"이제부턴 우리 집에서 사는 거야. 아무래도 너, 밖에서는 못 버틸 것 같아서 어렵게 결정했으니까 애들하고 사이좋게 지내야 한다?"

겨리 엄마는 엘리베이터 안에서 이동장을 얼굴 높이로 들더니 이렇게 말했다. 왜 그런 결정을 맘대로 어렵게 내리고 그러세요. 전 오시아를 만나러 가야 돼요. 엉뚱한 집에 갇히고 그러면 안 된다고요! 야옹야옹 항변해 봤자 소용없었다.

엘리베이터 문이 열리자 그 앞에 기다리고 있던 냥 박사가 이동장을 두 팔 벌려 껴안더니 빙글빙글 돌면서 "콩설기 님, 우리 가족이 된 걸 환영합니다!" 하고 외쳤다. 몸 상태도 안 좋은 데다가 앞날 걱정까지 더해져 속이 울렁거렸지만 좁은 이동장에서 토하면 내 몸에 묻을 테니 참았다.

겨리네 집에서 살게 되면 내 뜻대로 움직이지 못한다. 오시아를 만나러 가려면 가출이라도 감행해야 하는데 시작부터 이 방에 갇혔으니 무슨 수로? 나는 오시아가 이 집으로 언제 한번 놀러 오려나, 짤따란 목을 길게 빼고 마냥 기다리는 신세가 된 것이다.

"나 이 집에서 나가야 되는데 방법이 없을까?"

자는 척을 포기하고 일어나 방문 앞으로 가서 말을 건다. 촘촘한 방묘문이 설치돼 있어서 격자 틈으로는 내 조그만 머리도 안 들어간다.

"처음엔 다들 그렇게 말해. 일단 일주일만 견뎌 봐. 그럼 적응되면서 살 만해져."

"난 처음부터 우리 집 좋았는데? 집사들이 자꾸 사고를 쳐서 그렇지, 사람은 괜찮아."

1번의 위로에 5번이 촐싹거리면서 끼어든다. 5번은 무슨 까닭인지 내 쪽으로 엉덩이를 돌리고 씰룩이는데, 엉덩이에 반만 맞았다고 채점이 된 듯 검은색 반원 모양으로 털이 나 있다.

"나한텐 우리 집이 따로 있단 말이야. 집에 가서 꼭 만나야 할 사람도 있고…"

"같이 살던 집사가 있다는 얘기야?"

"음, 그런 셈이지."

나는 나와 평생 같이 살아야 하니까, 틀린 얘기는 아니지 않나?

"집이 어딘지는 기억나고?"

"응, 알 거 같아!"

열렬히 고개를 끄덕인다. 들썩거리는 이동장에 실려 오던 길, 어느 골목길을 지나다가 띠리리리— 초인종 소리를 들었다. 내가 살던 집의 초인종 소리 말이다. 거기가 우리 집 아닐까? 그곳으로 가 봐야 한다.

"그만하고 잠이나 자, 신입. 너 없어지면 큰 집사, 작은 집사가 울고불고 찾아다닐 텐데 난 그 꼴 못 봐."

"배달 아저씨 다리에 달라붙어 나갔던 애가 할 소리는 아닌 거 같은데? 그때 집사들이 너 찾는다고 얼마나 고생했는지 알아?"

"그 아저씨한테서 맛있는 냄새가 났단 말이야. 다 지나간 일 그만 우려먹어. 묻어 두고 싶은 과거도 있는 법이거든?"

"글쎄, 잊지 말아야 할 과거도 있는 법이라서."

1번부터 5번까지 또 한 바퀴 돌려나 싶은 이 시점, 아스팔트에 다듬은 발톱처럼 예민해 보이는 4번이 말한다.

"쟤, 내보내자. 원하는 대로 해 주는 거야."

"뭐? 미쳤어? 집사들 난리 난다니까."

"집사들 지금 제정신 아니야. 여섯 번째 고양이를 주워 온 거 보면 몰라? 내가 바로잡아야겠어. 난 고양이 싫으니까 내보낼래. 고양이 알레르기 있단 말이야."

"너도 고양이면서 어떻게 그렇게 말하냐? 내보내면 쟤는 어떻게 살라고."

"자기 집이 있다잖아. 그리고 난 너희하고 다르다고 몇 번을 말해야 알아들어? 너희들 다 스트리트 출신이지만 난 집에서 태어났다고!"

"그게 아니라 태어난 다음 날 이 집에 들어온 거잖아."

"하루 차인데 그게 그거지."

나야말로 보통 고양이가 아니라 사람고양이지만 여기서는 입도 뻥긋 못 하겠다.

"신입, 너 정말 너희 집이 어딘지 알아?"

1번이 묻는다.

"그렇다니까. 여기서 나가게 도와주면 진짜 우리 집에 갈 거야."

만에 하나 집을 못 찾아도 새별중으로 가면 되고.

"집에 가면 집사가 널 반겨 주긴 할 거 같고?"

그 말에 나는 1번을 가만히 쳐다본다. 뭐랄까, 나만의 진심을 담은 표정으로. 우리 집에 갔는데 거기에 내 예전 모습을 한 오시아가 있다면, 걔는 나에게 뭐라고 말할까. 나는 또 무슨 말을 해야 할까. 잘 모르겠다. 걔한테 화낼 일이 아니라는 것밖에는.

"좋아. 보내 주자. 저렇게 예전 집사를 못 잊고 그리워하는데. 그 집사도 얘를 찾고 있을 거야."

"그래, 내보내. 고양이 싫다니까. 더는 안 돼."

"예전 집 못 찾으면 어떡할 건데? 다시 여기로 올 거야?"

"응, 안 되겠으면 돌아올 테니까 나가게 도와줘."

고양이들이 맞은편 방 앞으로 가서 숙덕거리며 의논하더니 그중 한 녀석이 대표로 행동을 개시한다. 방묘문의 어느 지점을 건드리자 찰칵, 열리는 문. 역시 고양이들이란 짐작보다 많은 걸 알고 있다니까.

"큰 집사, 장 보러 갔다가 이제 올 때 됐지?"

"그렇지. 오늘도 양손 가득 들고 올 거야."

"그럼 너, 연기 잘해야 한다?"

"걱정 마! 엄살은 내 천직이잖아."

어떤 계획인지는 몰라도 내 임무는 하나. 현관문 근처에 숨어 있다가 문이 열리면 기회를 엿봐 뛰쳐나가는 것.

얼마 뒤, 비밀번호 누르는 소리가 들리더니 현관문이 열린다. 발로 현관문을 받치고서 집 안으로 들어오는 겨리 엄마. 고양이들 말대로 양손에 장바구니를 들고 있다.

그때를 맞추어 3번이 잔뜩 먹어 둔 물을 바닥, 소파, 식탁 등등 여기저기 토하며 뛰어다닌다. 어떤 꿍꿍이인지 알면서도 연기가 맞나 의심스러울 만큼 실감 난다. 저 분수 같은 물줄기 좀 봐.

"쟤가 또 뭘 주워 먹고 저럴까."

겨리 엄마가 3번을 보며 말하는 사이, 4번이 "지금이야!" 하고 신호를 준다. 나는 겨리 엄마의 다리 사이로 현관문을 빠져나가 뒤도 돌아보지 않고 달아난다.

동 건물을 나가자 나무 정자에 앉은 아라가 보인다. 그 몇 걸음 앞에서 어떤 여자가 간식을 두 손으로 공손히 맞잡아 내밀며 훌쩍이고 있다. 어떤 상황인지 궁금증이 돋지만 얼른 도망가야 해서 한가롭게 구경할 시간이 없다.

후문을 지나 아파트 단지를 벗어나고, 며칠 전 기억을 더듬으며 걸어간다. 다친 다리가 쑤시지만 그런 사소한 문제는 나중에 여유 있을 때나 신경 쓰자. 2차선 도로 너머에 모인 빌라, 그곳을 지나올 때 초인종 소리를 들었다. 그쪽으로 가야 해.

거대 깔때기까지 하고 있으니 누구 눈에라도 띄어 동물 보호소나 동물 병원, 동물의 왕국인 겨리네 집으로 잡혀가기에 딱 좋다. 어서 우리 집을 찾아야 하는데, 싶어서 냥 발바닥에 땀이 나도록 거리를 걷는다.

해 질 무렵, 뒷마당이 있는 연립 주택이 나온다. 내가 꼬맹이에게 연어 통조림을 주던 곳이다! 저 멀리에서 다비드호가 뱃고동을 울리고, 그 뿌우우 소리를 배경으로 기억 속에서 초인종이 울린다.

그다음부터는 나인지 꼬맹이인지, 누구 것인지 모를 기억이 몸을 이끈다. 건물 출입구로 들어가서 계단을 오르는 동안 302라는 숫자가 떠오른다. 3층, 302호 앞에 도착하자 벽을 짚고 서서 발을 뻗는다. 앞발이 초인종에 닿을 리 없어서 불편한 다리로 점프. 발이 아니라 깔때기가 초인종을 누른다. 이게 이럴 때 도움이 되네.

띠리리리— 익숙한 멜로디가 복도에 울린다. 한참 뒤에야 열리는 문. 문틈으로 오시아와 눈이 마주친다. 그 순간, 모든 것이 기억난다. 내가 나였던 때, 사람으로 살던 때의 기억이 피처럼 온몸으로 퍼져 나간다.

드디어 나 자신과 만났다.

## 내가 너였던 시간

"나, 누군지 알겠어?"

"그럼, 알지. 너도 다 기억난 거야?"

"응. 조금 전에. 이렇게 다시 만나니까 기분이 이상하네."

"언젠가는 이렇게 될 줄 알았어, 난."

"왜 우리한테 이런 일이 생긴 걸까? 서로 바뀐 거 말이야."

"글쎄, 내 소원이었는지도 몰라."

"내 바람이었는지도 모르고."

"우리 안에 고양이도 있고 사람도 있고, 그런가 봐."

"이젠 제자리로 돌아가야겠지?"

"제자리가 어딘데?"

"각자의 집이지."

"각자의 집…."

"너랑 나랑은 말이 통하네?"

"그러게. 예전부터 좀 그랬던 것 같아."

"예전엔 내가 나인 게, 나로 태어나서 나로 살아가는 게 당연하다고 생각했거든? 근데 이제 와서 보니까, 꼭 그렇지만도 않은 것 같아."

"맞아, 내가 너일 수도 있었어."

"지금 나는 실제로 너이기도 하고."

"여기, 오늘부터 너랑 나랑 우리 집 하면 어떨까?"

"이 집에서 같이 살자는 얘기야?"

"안 될 거 없잖아. 둘 중 하나는 집고양이가 되는 거지."

"나 좀 집고양이 체질 같긴 한데…."

"나도."

"우리, 앞으로 어떻게 될까?"

"너랑 나랑 둘 중에서 누가 집고양이가 될지 궁금해?"

"이러다가 고양이만 둘 되는 거 아냐?"

"그건 곤란한데."

"오시아가 둘인 건?"

"그건 더 곤란하지. 스마트폰도 하나, 안경도 하나잖아. 근데 오시아가 둘이면 어떡해."

"앞으로 어떻게 되든, 내가 너였던 시간을 잊지 않을 거야. 너의 눈으로 본 세상을 기억할게."

"나도, 나도 그럴게."

"어때, 밖에 나가서 우다다 달려 볼래?"

"신난 고양이처럼?"

"그래, 고양이처럼!"

어쩌면 우리 주변에도 오랑이처럼
고양이가 된 사람이 있지는 않을까요?